穿越时空的对话

黎族作家文学叙事长诗集

海南省文学院第四批签约创作项目作品

金戈 著

SPM 南方传媒 广东人民出版社

·广州·

图书在版编目（CIP）数据

穿越时空的对话/金戈著. —广州：广东人民出版社，2024.1
ISBN 978-7-218-16760-2

Ⅰ.①穿… Ⅱ.①金… Ⅲ.叙事诗—诗集—中国—当代 Ⅳ.①I227.3

中国国家版本馆CIP数据核字(2023)第143249号

CHUAN YUE SHI KONG DE DUI HUA

穿越时空的对话

金戈 著

出 版 人：肖风华

责任编辑：李力夫
责任技编：吴彦斌 周星奎
装帧设计：大奥文化

出版发行：广东人民出版社
地　　址：广东省广州市越秀区大沙头四马路10号（邮政编码：510199）
电　　话：（020）85716809（总编室）
传　　真：（020）83289585
网　　址：http://www.gdpph.com
印　　刷：北京建宏印刷有限公司
开　　本：880mm × 1230mm 1/32
印　　张：6.5 **字　　数：**69千
版　　次：2024年1月第1版
印　　次：2024年1月第1次印刷
定　　价：69.80元

如发现印装质量问题，影响阅读，请与出版社（020-85716849）联系调换。
售书热线：（020）87716172

目录 CONTENTS

黎乡仙游记

黎乡仙游记

LIXIANG XIANYOU JI

献辞

"梦是一种美妙的生活，
而醒来是真实的梦境。"①
在幻梦与现实之间，
我描绘了这些场景——
一种对美好事物的赞颂，
和对故土深切的感情。
古老的习俗在此延传，
沉潜的故事重被忆起。
千古不变的黎乡景色，
到今朝喜悦了旅人的眼睛。

跟随袍烈那赛黎人的足迹，
还有七仙女欢畅的旅行。
新时代黎乡今非昔比，
仿佛村姑绽放崭新的面容。
我愿以饱蘸浓情的诗行，
歌颂这一座宁静的山城。
沉静的保城河轻轻流淌，
发出黎乡人甜蜜生活的心声。
悠久的民歌不变的唱腔，
在婚礼上传送厚意深情。

① 引自薛电平的诗《梦》，全诗只有两句。

那些奇风异俗令人惊叹，
我们感慨先祖的智慧和才能。
古老的船形屋讲述旧时生活，
简朴的岁月远去，接着幸福诞生。
神奇的黎族织锦闪耀着光辉，
那上面舞动着古老民族的图腾。
我们看见她们跳着竹竿舞，看见
她们演奏少见的竹木器乐的情景。
普通的树叶吹出了黎族的魂，
在七指岭下的山谷间婉转长鸣。

我吟唱黎族儿女奋起杀敌的壮举，
吟唱那伟大的精神和不朽的英雄。
在战争年代他们为了自由和
子孙的幸福，英勇地献出生命。
如今绿葱葱、红艳艳的黎乡，
承受过战火的折磨和伤痛。
崛起的中华民族挺起了脊梁，
像伟岸的父亲背着黎乡阔步前行。
怎能不歌唱？如今
金灿灿的太阳普照着多彩的风景！

当然，我还歌颂那可贵的爱情，
他们跨越了障碍，恪守海誓山盟。
可是思想——幸福的奥秘超越了风景，
在袍烈和仙女的言行里得到印证。
我知道，诗人不仅要歌颂美，
还应该憎恶丑，看到事物的本性。

尊敬的读者,感谢你翻开这部诗篇,
愿这些不那么高明的诗句
能够让你窥见一些美、一些爱和惊喜,
那么主人公的任务才能算完成。

第一章　袍烈神游入情侣洞

云雾缭绕的七指峰原始森林，
多么幽静！巨石群，错落有致，
这幽雅的林间山野真是少见。
四周鸟鸣悦耳，阳光落下似有回音，
不远处山谷传来瀑布的声音，
还有山风吹过树林时奏响的沙沙声。
大榕树下，石屋里走出一位青年，
他俊朗的脸庞仿佛明净的晨月，
他清澈的双眼如同山间的清泉，
一身轻盈地在山石之间来回跳跃。

这青年，曾有辉煌的事业，
顺风顺水的过去给足他风光，
名车豪宅曾当作普通的赠礼，
百万金银他也只是淡漠一瞥。
只怨那一场突如其来的灾难，
将繁华清洗，只一年时间，
就把一个富人变成一个穷人，
千万债务把落魄者压得吐血。
青年为了能把巨额债务清偿，
拉下脸，卖车卖房，东凑西借。

这既不是游山玩水的闲客，
也不是猎户，更不是什么隐者。
尝尽人间滋味的这个人啊，

是赛黎人，他的名字叫袍烈，
深感世事无常，一切所求非己所有，
他叹时光短暂，不如寡欲清心，
便寻这幽处做一做闲云野鹤。
独自一人，他不觉孤单寂寞，
像一株自在欢喜的兰花草，
孤芳自赏，不为利益枉费周折。

这莽莽的森林，荒野之境，
入夜时最阴森恐怖，野兽出没，
却不曾尝到这肉体凡胎的鲜血。
原来，富裕时他不曾抠门吝啬，
“存好心，说好话，行好事，做好人”，
有意无意间积累了福德功业。
草木精灵是他亲密的伙伴，
飞禽走兽是他和睦的邻居，
他得到灵山圣地的神仙护法，
哪个妖魔鬼怪胆敢对他威胁？

是我们的神仙呀，暗中保护，
有心要帮助这个落难的人家，
——这本是天机，我却说出这些。
尊敬的读者朋友，你该相信，
冥冥之中自有上天的指引，
须知一切行为和言语，
尽在上天的审视之列。
不信请看这好心的赛黎人，
他时去运衰，但身强体健，

安然无恙地活着，在荒岭山野。

那一日，坐在桫椤树下的袍烈，
开卷品读，午后的宁静使他困倦，
他躺在宽坦、清凉的石床之上，
恬然进入了幻梦仙境的世界。
神奇的梦境中，他懂得飞翔，
只要他想，就能腾空升起，
如一只天鹰在森林上空巡猎。
他迫不及待，向七指峰最高的
第一峰山顶飞去——那从没有人
可以攀登得上的人间宫阙。

袍烈随心所欲，轻轻松松来到
空阔的山顶，那里草木葳蕤，
雾气迷迷蒙蒙，山风呼啸不歇。
一处石壁前，一个洞口隐约可见，
袍烈怀着好奇，走近前看见，
一道向下延伸的青石台阶。
他真大胆，一个人顺着台阶，
走到岩洞里面，宽敞的洞穴，
俨然一座地宫，无数黄色钟乳石
从洞顶垂落，像水晶灯的世界。

一条清洌的泉溪从洞中穿过，
流向里面深不见底的洞穴。
石桌、石椅、石床等器物俱在，
他好奇地探视着洞中的一切。

“喂！你怎么进到我们的住地的？”
一个女声突然从背后传来，
吓他一跳。他迅速转身，只见
面前站着一对俊男靓女。
袍烈问：“你们是谁？为何在这儿？
这是什么地方，难道是地府？”

袍烈仔细打量面前这对青年：
男的着青衣黑裤，裹灰色头巾，
脚上穿的是黎族男士的麻布鞋；
那姑娘穿着紫边黑裙，腰系彩带，
绣染的花边映出她脸上的光洁。
三人围坐酒桌前，边喝边交谈——
那场景太真实，袍烈全然忘记
自己只是神游在梦境里的世界。
你看他，正安安静静地聆听
情侣的爱情故事，一脸的不解。

那黎族青年讲起了伤心的往事：
“我叫袍拜，我爱人叫乌吉，
我们管这叫情侣洞，修仙的洞穴。
我们曾经居住在山下的村寨，
是一对苦命鸳鸯，如今也不知道
我们在山里厮守了多少个年月。”
朋友们可懂得，海南岛上的苗族，
是明代朝廷派来对抗黎民的
军队的后裔；两族之间横亘着鸿沟，
仇恨对抗如同水火，世代隔绝。

黎族青年继续说:“我们,
一个黎族青年,一个苗家姑娘,
自由恋爱的两个异族人,
多么渴望得到长老们的理解。
不幸啊,我们被驱赶,被谩骂,
乡亲们把我们赶出了村寨——
可为了爱情,怎能屈服,
槟榔林中我们曾立下爱情的盟约,
私奔是最好的选择,逃到七指峰,
远离烦恼到森林里过二人世界。”

袍烈很好奇:“你们活了这么久,
真奇怪,还能保持年轻时的气血。”
乌吉笑着说:“其中有奥秘哩——
我们的身已死,可我们的魂不灭。”
袍烈一听“死”字,慌得跌坐在地:
“你们是神是鬼?在深山老林等着
一个活人做替身,好脱离冥界?”
情侣笑了起来:“不不,别怕,
我们是神仙魂魄哩!其中有缘由,
我要说给你听,好让你了解。”

袍烈端坐起来,用心聆听。
乌吉平静地说:“你应该知道,
七仙女变成七指峰的壮烈,
而我们的爱情从没有人书写;
那年我们相约在七月初七,

就在这山洞中,同吃毒草殉节;
真幸运,那时七仙女下凡至此,
看见那一幕,痴情感动了仙人,
魂魄因仙人的法力不生不灭;
那以后,我们永远相爱相依,
守在七指峰,度过美好的岁月。”

袍烈尚有疑惑,不解地说:
“她们如何还能出现在凡间?
传说七仙女打败黑风怪后,
为了永久地保护黎苗人民,
便化身成山,镇守黎乡山阙。”
乌吉看他一眼,哈哈大笑:
“世人只知其一不知其二哩!
须知仙人的法力千变万化,
遥想当年,化成山峰的只是
仙姑头上的发簪和一滴仙血!”

第二章 袍烈与七仙女结缘

七指峰第一峰的情侣洞中，
袍烈正在和袍拜、乌吉交谈，
揭开了七仙女化身的谜团。
就在那时，七道亮光忽然闪落，
来不及反应，眼前已经出现
七个亭亭玉立的传说中的女仙。
惊魂初定的袍烈哆嗦了起来，
简直不敢相信自己的眼睛，
奇幻的场景再次让他惊恐，
七仙女却看着他笑成了一片。

大姐赤仙姑走过来说：
“袍烈莫怕，仙家怎会害你！
方才你说的话我们全都听见了。
今年七月初七我们回到这里，
是要接受黎苗百姓的祭奠。
我们知道你隐居山中多时，
也知道你是个善良的好人，
是我们的用意，引你来相见。
这几日，你要带我们故地重游，
看看一百年来这美丽的黎乡，
此番功劳可解你今生的劫难。”

如晴天霹雳，怎能不惊讶，
当知道自己与劫难有关联，

袍烈惊愕:“我有什么劫难?”
橙仙姑说:“不是要命的难头哩!
你的前世乃是不得意的秀才,
曾在玉皇大帝面前祈愿:
‘我愿增长才华而放弃财富,
今生做一个学富五车的学者。’
才华与财富不可兼得,
便是你今生注定的愿劫。”

袍烈这才顿悟——每当自己
追求的财富稍稍增长一点,
才华就会相应地失去一点;
而当才华增进一些的时候,
财富就会相应地自动消损,
原来这是因为前世的许愿。
赤仙姑道:“愿劫并非不可解!
你曾捐资建校、建养老院,
平日里资助困难的人群,
你的功德将使你的命运转变。”

仙女的话如一束阳光照进
袍烈的心里,乌云随之消散。
新的疑惑却涌上心头,
黎乡风景如何博得仙女欢心。
袍烈问:“天上风景难道
不比人间的美丽,引得你们
要在这黎乡山水间游览?
如果我的愿劫因此能够解除,

那是我的福报,我将做好
向导的服务——我真心情愿。”

紫仙姑说:“天上景致再美,
我们的眼睛也会看倦,
我们的心绪也会困顿。
天下风景多奇崛,精彩纷呈,
我们姐妹一行正好游历一番。
难得下凡一次,游历人间,
限定七日把黎乡山水走遍,
看看中华盛世里的黎乡苗寨,
既能给你解难的机会,又能
巡查时象,让心情舒坦。”

袍烈感激涕零,自个儿哭诉道:
“我本是山下小县城的居民,
在这繁华盛世,我的事业,
曾经多么辉煌。我美丽的妻子
也曾经那样温柔可人,我们有过
一段幸福甜蜜的生活和婚姻。
可如今突遇变故,
我的公司倒闭,欠下了千万债款。

“神仙姐姐呀,要知道像我这样
原本贫穷,白手起家的青年,
哪有什么耐力承受沉重的打击?
上门逼迫的债主一个又一个……
爱妻在埋怨中离去,留给我的

除了一岁的幼儿，便是绝念。
为躲避嘤嘤嗡嗡的尘世的忧烦，
我来到山中，寻石洞，建小屋，
整日握笔吐露一些空虚的语言。”

黄仙姑说：“非你无能！
表象之下，注定有隐秘的原因。
个人和天下大众都有劫数，
因果福报皆有各自的因缘。”
绿仙姑缓步走上前，
递给袍烈一株不一样的仙兰草，
嘱咐道：“当你要见我们，
就把仙兰草放在鼻前闻一闻，
我们自会在那时刻相见——
记得要把这个口诀念一念。”

绿仙姑把口诀传授给袍烈，
他在自己心里默念了一遍。
青仙姑说：“此为天机，
万不能泄露，不可随意露馅，
凡人若因你见到了神仙，
你的所有功劳就都不算。”
蓝仙姑站立一旁，
微笑着说：“你乃堂堂男子汉，
是真君子，博爱仁善，
活该有此救渡，解除劫难。”

袍烈牢牢记下仙女的话，

这时仙女们已消失不见。
林间石群空地,古木参天,
一滴露水坠落击打袍烈的脸。
梦游的青年袍烈醒来,
发现自己睡在石屋前的榕树下,
并不是在那个岩洞里面,
对刚才的梦境只道是梦境——
而那株仙兰草,分明是
握在自己的手掌中间。

第三章 七仙女欢度嬉水节

七月初七嬉水节，风情保城，
街上早已张灯结彩，游人如织，
来来往往尽是盛装的黎苗百姓。
他们服装真是新奇，艳丽夺目，
仿佛是姑娘用天上的彩虹织成。
原来，黎族分五支，服装各异，
筒裙由七色锦线一梭一线织就，
织锦上排列有序的花纹和图腾——
人、蛙、鱼、鸟，牛羊和花草，
尽是简约、抽象而美丽的图形。

赛黎长筒裙暗里透红，朴素清秀，
斜襟上衣蓝色、粉色或青色式样；
杞黎短筒裙艳丽明亮，对襟上衣，
走起路来胸前银饰闪闪发光；
哈黎蓝黑对襟上衣，筒裙明艳，
纹饰复杂绮丽，璀璨夺目宛如星空；
润黎短袖黑底锦腰上衣，短裙
红与灰的格调，裹着彩锦头巾；
美孚黎黑色衣裳，开胸对襟彩锦，
宽而长的筒裙织着紫红色花形。

苗族的服装与众不同，黑色布，
边上绣着紫色花纹和袖口，
长衣连体，头戴彩帽，腿绑棉布。

七仙女个个夸赞不绝，
她们本是天宫中织布的女神，
对织锦衣裳一见钟情。
青仙姑说："世间真有此奇物，
赛过天宫织女衣。"
橙仙姑说："谁曾扯下彩云来，
赠与黎民作锦裳。"
蓝仙姑说："愿做黎家一世女，
插秧织锦戴银环。"

袍烈见众仙女如此欢喜，
忍不住也广告一番——
"我族的织锦声名远扬，
古时便是皇帝的身上衣，
中原早知黎乡龙被好，
黄道婆万里来寻学技艺，
她学得黎族千年织锦法，
回到家乡收徒广传播。"
七仙女听得此番话，
个个叫着嚷着要穿黎服。

服装店里仙姑争衣裳，
这也试试，那也试试，
各式服装全试了一趟。
紫仙姑认定了
与众不同的苗族衣裳，
穿在身上就不想脱下。
橙仙姑穿了赛黎服装，

黄仙姑穿了杞黎服装，
绿仙姑穿了哈黎服装，
青仙姑穿了润黎服装，
蓝仙姑穿了美孚黎服装。

赤仙姑道：“穿吧，好姐妹，
在凡间游历的七日里，
让你们做一回黎族姑娘；
我的衣裳还是身上这一件，
汉服款式同我的一样。”
仿佛黎、苗、汉三族服装秀，
七种衣裳穿在七仙女的身上；
七仙女变成了黎家女，
她们蹦着跳着穿街过巷，
融入五颜六色的队伍中。

嬉水节真是欢腾——
人们持水瓢、水枪，泼水打趣，
一身水淋淋，满脸堆笑如孩童。
袍烈领众仙在拥挤的人群中穿梭，
仙女们畅游凡间节日欢乐的海洋。
仙女们多像林间精灵的松鼠，
一会儿在这边人群探出脑袋，
一会儿在那边人群洒水嬉戏。
她们经过谷仙门、酒仙门、药仙门、
雨仙门、织仙门、乐仙门、舞仙门，
沿街看不尽天宫里没有的黎苗风情。

游人个个春花似，喜笑颜开，
人民一群群，手舞足蹈像灵猴。
前头，一辆辆彩车徐徐前进，
载着美丽的风景塑像和模特；
末尾，一台台牛车尾随巡游，
三乡六镇的特产挂满亭檐下。
这一处，舞蹈队员在跳竹竿舞，
观众也纷纷加入这欢乐的项目。
调皮的紫仙姑拉着黄仙姑的手，
跟在人后，学着样一蹦一跳，
跳不过三五步竟被夹了脚，
逗得其他姐妹恣意嬉笑。

另一边，黎族帕雅和鼻雅在表演，
竹木器乐的妙音深深地将她们吸引。
她们站在一旁，痴痴地观看——
一长者吹奏带枝叶的竹笛，
悠扬的曲调听了使人忘记忧烦；
长长的鼻箫在鼻孔下发出声音，
天庭里的神仙从未感受它的魅力；
旁边头戴银饰的妇女敲击着木琴，
她上下划响的声音宛如清水流淌；
唢呐、铜锣、三角铁也都同台，
共同演奏和谐美好的人间妙曲；
二胡、呖咧的伴奏让音乐添光增彩，
听得人沉浸于另一个精神世界。

黎乡风情赢得了仙女的赞颂：

"人间原来还有这些奇妙乐器，
它们能演奏出不一样的安魂妙曲。
黎人有大智慧，才华不同一般，
天下也只有在此地才能听到。"
七仙女感叹着，继续往前走。
路边，光膀的小伙敲击着牛皮鼓，
浑厚沉实的鼓声更激荡人心；
牛角号向天吹响，嘟——嘟嘟——嘟——
宣告这欢乐人间的盛典正在进行。

七仙广场上，那里早已坐满了人。
开幕仪式才刚刚进行——
黎族长老在台上，一手持圣水，
一手持柚叶，口中念念有词。
他面向七指峰鞠躬，洒圣水，
代表黎民说些感激和祈福的话。
仙女们隐了身，站在长老面前，
接受祭拜。台下一侧，祭台上
各种水果、点心摆满一桌，
肥猪、肥鸡、山兰酒也摆满一桌，
桌前设一香炉，香火旺盛，
游人自取香火，上香祭拜求福。

仙女们暗中接受了这一切祭供，
又在圣水里倒进了玉瓶仙露，
凡沾得圣水者便得平安健康。
这时，台上走下七仙女演员，
个个高挑貌美，细腿长臂，

着七色古时长衫翩翩而来，
各自怀抱一坛圣水，手持柚叶，
尾随长老在人群中穿行，
一路遍洒甘霖，赐福吉祥。
民众纷纷上前求取圣水，
直至坛中圣水洒尽，一滴不剩。

蓝仙姑道："姐姐们，你们看，
她们在扮演我们哩，
尽是十七八岁的妙龄姑娘，
有模有样，比本尊还美。"
袍烈说："当年你们为镇黑风怪，
各取发簪化成七座山峰，
从此这天下太平，黎民幸福，
深得凡间人的感念。为此，
当地人每年七月初七结伴庆祝，
延传至今，做成了七夕嬉水节，
感恩祭供之余，戏水欢庆。"

赤仙姑道："眼下中华盛世
遍地歌舞，太平祥和，
也难得他们长存一颗感恩之心，
记得旧时我姐妹七人的功劳，
我们当然也会留意后世景况，
专差袍拜、乌吉二人驻守黎乡，
保护这方黎苗善民的平安健康。"
蓝仙姑道："最是黎乡人心好，
小小恩情念千年，

一举一动都是真情感。”

台上黎苗歌舞轮番登场罢了，
偌大广场上顿时喷泉飞溅，
水雾弥漫，淋得人人湿衣润面。
更有年轻男女互相泼水嬉戏，
你追我赶，打情骂俏，好不欢腾！
七仙女乐在其中，融为一体。
不一会儿，黎族迎客舞蹈音乐响起，
人们手挽手围成一圈，由里到外，
大圈小圈跟着舞蹈节奏跳着踢脚舞，
边跳边走，远望形如金龙在游行。

袍烈领众仙姑，游逛黎苗美食街——
人间烟火如斯，各种香气扑鼻，
众仙一路品尝，尽享人间美味。
她们尝过苗家三色饭、黎家竹筒饭，
尝过六弓鹅、什玲鸡、毛感鸭、八村鱼，
尝过三乡六镇特色的美味佳肴。
仙女们甚是欢悦。袍烈沾沾自喜道：
“仙姑们吃的，全是黎乡佳品，
五脚猪、上树鸡、冲浪鱼，
深得人们喜爱，是待客极品。”

各色水果让仙女们流连忘返，
想不到小小山城野地
竟能产出如此多种多样的果品。
仙女们不由得赞叹——

红毛丹,南国福地独珍果,
鲜香胜龙眼,甜爽赛荔枝;
红荔枝,典传“一骑红尘妃子笑”,
到今时,诱得仙子忘仙宫;
莲雾果,绵柔爽脆获芳心,
不辜负,世有芳名黑美人。

火龙果,形似龙珠如火焰,
紫心红心黄心样样鲜甜;
百香果,酸甜尝罢神舒畅,
一味赢得仙女心;
菠萝蜜,甜美奇香入骨骸,
尝完此果弃黄金;
椰子果,此物合应天上有,
清汁还魂果肉香……
尝不尽,黎乡奇珍异果,
吃不完,宝地美味佳肴。

第四章 瑶池里仙女泡温泉

世人皆知七指峰下，
天然温泉久负盛名，
三处泉井皆为自然所造，
滚滚沸水在井中翻腾不绝，
热气化成的白雾缭绕上空。
满溢的泉水长流成河，
从黎村苗寨的田边淌过，
与七指峰下的一条冷溪
交汇相融，冷热调和，
好一处让人留恋的天然温泉——
相融处，天然石穴如巨盆，
温泉水注，自成水潭，
不知何人题写，石壁上，
“瑶池”两个红字赫然入目。

袍烈与众仙女欢欢喜喜，
故地重游，进了这宝地。
要知道古时七仙游黎乡，
满眼是郁郁葱葱的森林，
溪水潺潺，温泉藏在草木间。
青仙姑说：“天上瑶池真圣水，
仙人沐浴法力增，却不知这——
人间瑶池奇何处，远近游人相竞传。”

众人在山下到处闲游，

把那变化的全新景象看尽。
昔日森林成山丘,到处是
旅游度假酒店、别墅花园。
新农村更是一派亮堂,
二三层小楼一栋胜过一栋。
村边山上栽满橡胶和槟榔,
山间果园一片连接一片;
山下房屋建筑数不胜数,
水泥公路通向每一户门前。

鹅卵石建成的温泉池无比精致,
其上有凉亭,四周有围挡,
入夜金光辉映,音乐调心。
仙女们趁夜深人静,
后半夜在瑶池中沐浴。
袍烈听从吩咐,在大石头后面,
用心看守,谨防被人偷窥,
暴露神仙下凡的行踪。
彼时月色溶溶,夜静无声,
七仙女在温泉池中打水嬉戏,
一个个舒心自在,神清气爽,
全然忘记此时竟在凡间。

黄仙姑道:"看来这人间瑶池,
不比天宫的瑶池逊色,难得的
自然造化,我的身体仿佛浸润在
母爱的温情里,我的精神此刻
悠悠然,在那无尘之境里漫游。"

橙仙姑道:“世上多奇物,
天上没有的,尽在这人间藏匿,
人间拥有的,天上未必能寻,
我们且畅享这美妙的温泉,
让姐妹们的肌肤更加柔滑温润!”

这时,蓝仙姑悄声说:
“你们猜,袍烈会不会偷看,
会不会像当年的董永,
为娶七妹为妻动了歪心思?”
众仙女来到石头后面看时,
却见袍烈正睡得香甜,
在那月下草丛间。
袍烈醒来,在月色里,
泉雾缥缈的温泉池边。
仙女们沐浴了瑶池温泉,
心情格外舒畅,
此时盘腿坐在大石之巅。
四周虫鸣奏着夜曲,
溪水也在弹奏着琴音。

赤仙姑道:“俊青年,
实话告诉我们,方才
你做了什么美梦呢?
是梦见了月宫里的嫦娥,
还是古中国的四美人?
是春秋的西施,
还是东汉的貂蝉?

是西汉的王昭君，
还是唐朝的杨玉环？
告诉我们，你的心里，
什么样的姑娘最如意称心？”

袍烈腼腆的表情，
被朦胧的夜色遮掩。
宁静的午夜，温泉池边，
最适合说爱谈情。
他说：“合我意的姑娘
终非我的笼中鸟，
什么美女我都不爱，
我只爱那黎女江美，
那美丽善良的黎族姑娘，
能织出彩虹一样美的筒裙！
我爱她心灵手巧，
爱她的善良，还有
那宁死不屈的坚贞——
可惜呀，她只是传说中的阿妹，
竟然死在恶霸的牢笼里。”

众仙姑几乎同声问道：
“那是个什么样的姑娘啊，
有什么不幸的遭遇？
她能赢得你的爱情，
必定是个非凡的人物，
请你速速讲起吧！”
袍烈深情地叙说着

他梦中的黎女江美的故事[①]：

那是在遥远的古代，
江美生在七指峰下的黎乡，
她会织美丽的黎锦，
心灵也和黎锦一样美丽。

有一天，少女江美，美丽善良的姑娘，
在梦中看见一件筒裙，光艳照人，
就像七色彩虹，无与伦比，
她穿到身上宛若降凡的天仙。

心灵手巧的少女日夜思念梦中的
筒裙，怎样才能织出虹样美的衣裳？
这天清晨，一道彩光照耀着她蒙眬的睡眼，
彩虹升起在空中，仿佛梦中的筒裙！

“啊，谁能为我摘到这天上虹，
供我织做世间最美的裙子！”
两片红云浮泛在少女的小脸上，
她的魂灵已进入美妙的幻境。

茫茫宇宙间，一群凤凰
环绕着她缓缓飞舞，

---

① 黎女江美的故事根据黎族民间故事创作而成，参见黄培祯先生所作《织筒裙的故事》。织筒裙要用到的黎族传统纺染织绣技艺已被列入国家非物质文化遗产名录，备受世人瞩目。

在云雾缭绕的九天云台，
她与嫦娥嬉戏追逐。

这时一只黄莺飞落她肩头叫道：
“我的主人，平日你供我饮食，
今日且让我为你奔波！”
于是忠诚的鸟儿飞上天，带回了虹。

呵，传说原本这样神奇，
美好的事物还在昨夜的梦里，
一早醒来竟发现在床边。
可爱的少女异常兴奋，立刻忙起了活儿。

经过七百七十七个昼夜，
纺成七百七十七条丝线，
织出七百七十七个图腾，
一件人间珍品终于完成！

简直跟梦里的没什么两样，
筒裙套在她身上美若天仙。
美丽的蝴蝶飞离了花丛来为她舞蹈，
漂亮的鸟儿离开了树阴来为她欢歌。

正是七月初七嬉水的节日，
人们各自穿着盛装在溪边欢闹，
穿着虹似的筒裙的天仙游走在人群里，
这下可糟了：对山歌的，突然没了声音，

跳竹竿舞的，被狠狠地夹住了脚跟；
小伙子慌忙摘来叶片为她吹奏，
姑娘们尾随其后，好似众星捧月，
她经过的野径一路散发着馨香！

很快她的声名在四里传扬，
学艺的姑娘来自四面八方，
热心的少女把手艺耐心教授，
美好的生活都织进艳丽的衣裳。

唉，可谁曾想祸从天降！
吃人的恶霸峒主帕芒亢，
要为他的儿子举办婚礼，
特地邀请江美去织新衣。

十里八村谁人不知，
平日里峒主把人当犬欺，
收的粮要堆进他家粮仓，
年年饿死人，他乐呵着吃肉。

善良的少女一肚子气愤，
吐了口沫往地上呸。
抬来的黄金全不要，
一扫帚赶走帕芒亢的奴仆。

啊！可怜的黎女江美，
好人总有不幸的灾难！
恼怒的峒主撕破脸，

大喝一声："去抢来！"

少女被锁在昏暗的柴房里。
峒主放下话："限你七天七夜，
把新郎新娘的礼服织出，
否则你的这条贱命不保！"

坚贞的黎女江美，
心中只有一个愿望，
穿着虹似的筒裙死去，
这是她最后的一念幻想。

七天七夜未进一粒米，
宁死不做恶狗的帮凶。
黎女江美带着虹似的梦，
踏着虹桥跨步走向仙乡。

众仙姑听罢，无不敬佩，
黎女江美不与恶霸为伍，
宁死不向恶霸屈服的精神，
赢得了仙女们的称赞。
袍烈说："那样的姑娘谁人不爱？
可惜她只是传说中的人物，
现实的生活里无缘相遇，
权当做梦幻中的一个美人——
但愿呀，我未来的妻子也能
像江美一样善良贤淑。"

大姐赤仙姑说:“袍烈痴情,
难得如此的真心!待我和二妹
进入此处龙宫,去探个究竟,
给你查一查江美的事情。”
说也奇妙,赤仙姑和橙仙姑
潜入温泉水中,顷刻不见,
袍烈正惊疑中,黄仙姑笑道:
“你不知,凡是有水脉的地方,
皆可通往龙宫!然而水中龙宫
千千万,万万千,也如人间省市,
分布在不同水域,大中有小,
统管着一方的水族生灵。”

约摸过了一个时辰,二位仙女归来,
喜在眉宇间。不等大姐细说,
二妹橙仙姑抢先报道:“确有其人!
那是久远的时候了,黎女江美
曾与这方浅水龙宫的三龙子相爱,
他们在水族里有过幸福的生活,
只可惜啊——三龙子触犯了
与人类相通的戒律,被判处死刑。
而此处龙王心怀仁慈,
允许三龙子与江美的后代——
新的水族,延续父母的生命!
如今,他们仍然身披美丽的黎锦,
生活在山区田园的浅水中。”

赤仙姑补充道:

“我们一到龙宫水域,就看到
黎女江美织的筒裙
穿在那些鱼儿的身上,
断定那是江美的族人。
浅水龙宫里小小的鱼儿,
一身的彩色花纹,
红的、灰的、黄的、紫的……
无不是彩色丝线的纹饰,
色彩斑斓,独一无二,
在成片银妆的水族中,
一眼就能认得出它们。”

袍烈思忖:“原来田中或水沟里、
鱼塘里那些带着花纹的小鱼,
就是江美和龙子的后裔啊,
往后断不敢捕捉食用啦!”
袍烈忽然焦急地问道:
“可曾见到江美——
我的心上人,她可安好?”
众仙女也异口同声询问:
“是啊,可曾见到他的梦中人?”
赤仙姑说:“纵是神仙也有寿尽时,
投胎转世,轮轮回回,
人道、畜道、禽道、草木道……
今不知她去往何道、成何物了。”

第五章 黎乡新村山清水秀

这一日，袍烈从林中石屋
醒来，日光温柔地抚摸
这位赛黎青年的脸。
他取过草席边盆中的仙兰草，
默念咒语，放在鼻子前

轻轻一闻。
白光一闪，七仙女飘飘然

落在眼前。
袍烈急忙起立，拱手作揖：
“神仙姐姐，今天就让我
带你们游逛保亭的美丽风光，
人间的理想国已经出现，
乡下穷苦人也特别幸福——
为使我的愿劫能早日化解，我愿
为仙姑们服务，实意实心。”

一众仙人同袍烈在空中游行，
脚下秀丽的风光一览无遗地呈现。
七指峰东面山野，林莽莽，绿葱葱，
清晰可见一条长河逶迤其中，
宛如青龙卧在崇山峻岭之间。
下到河边，只见那——
河水清澈无比，鱼儿畅游，
水底黄蜡石、鹅卵石悉数可见；

山溪螺个大壳亮，遍布石上，
石蟹肥美，横行水底寻食，
河虾潜游，来去弹跳如簧，
石灵鱼迎着清流往前冲浪。

众仙女捧起河水洗手洁面，
清凉的河水让仙女们爽气怡神。
满目青山绿树，两岸草木葳蕤，
流水淙淙，水汽随风湿面。
绿仙姑赞美道：
“保亭山多河多，我最爱这
清凌凌的八村河，愿黎民都能啜饮，
愿这美丽的风光与世长存。”
袍烈说：“黎乡二月木棉开，
在这山岭间，到处红艳艳，
木棉花仿佛燃烧的山火，
山上山下红彤彤，亮闪闪，
沿途仿佛撑着一把把红伞，
那才是八村最美的时间。”

黎族山村掩映山岭间，
新楼别墅反衬着亮光。
旧时农民住的是茅草屋，
如今农村旧貌变新颜。
水沟通畅，水泥路厚实平坦，
铺到家门，风雨无泥丸。
凤凰树、火焰树、紫荆树排列，
扶桑花、迎春花、三角梅装点。
多彩的乡村啊，变了样，

凉亭、球场，处处是花园。

黄金果树啊，是摇钱树，
杧果、荔枝、红毛丹，
村前郁郁葱葱的槟榔林，
山坡上、园地里、鱼塘边，
凡有空地都要见缝插针。
栽种啊，挺直腰杆的摇钱树，
盼望呀，一树树丰收的果子。
——哪一样不是它的功劳？
盖楼房，买小车，穿好衣，吃好肉，
摇钱树都能一一实现。

劳动呀，勤劳才能致富，
学习呀，新农业靠新技术。
农田里，手扶拖拉机犁田，
水牛不再承受人类的藤鞭——
让它吃草吧，在田边山坡上悠闲。
水田中，绿油油的瓜菜成片，
苦瓜、青瓜、茄子爬满瓜架，
辣椒、秋葵、四棱豆阳光里勃发。
见此番景象，仙女们无不欢喜，
对这新时代的气象颇为满意。

袍烈说："时下是盛世中国，
治理天下的主不是哪个自私的皇帝，
不是哪个靠暴力统治的王朝，
而是全心全意为天下苍生谋福祉，
一个叫作中国共产党的，

了不起的人民的政党。
新中国的缔造者，伟大领袖毛泽东
向全世界宣告：中华人民从此站起来了！
七十年后的今天，这个党改变了
农村贫穷落后的局面，
实现了由站起来、富起来到强起来的锐变。”

新时代呀，有新的征程，
东方雄鸡再一次引颈高呼，
整个世界回荡着那响亮的声音——
习近平总书记郑重宣告：
“我们打赢了脱贫攻坚战！
社会主义新农村步入小康社会！
贫穷的帽子被我们丢弃一旁！
幸福美满的生活将持续到永远！
世界见证，自强的中华民族，
伟大复兴中国梦一定会实现！”

袍烈和仙女们来到了
如诗如画的什玲镇巡亲村。
两棵高大的见血封喉树——
黎人先祖制作树皮衣的神树，
挺拔在小小山村的边上。
仙女们好奇地问道：
“这是什么样的树木，
让你驻足流连？黎族和它
到底有什么样的关联？”
袍烈和仙女们坐在树下，
滔滔不绝地倾述：

“见血封喉树，挺拔着，
代表一个民族的精神——
携带其强大的能量傲立莽莽森林，
作为一个隐者，藏起“毒液”这件武器，
在黎乡，它不是令人闻风丧胆的名字，
而是一个古老民族血性的象征。
见血封喉树，高大，挺拔，
粗壮的躯干从不向狂风暴雨屈服，
坚韧而勇敢，示人以慈祥宽厚的面目，
穿越历史风尘来到伟大的时代。
它允许族人从身上剥下珍贵的皮囊，
向善良的村民馈赠山神的财富，
他们敲打，浸泡，再敲打，再浸泡，
做成衣物，抵抗风寒和蚊虫的袭击。
那上面排满了黎族无形的文字，
他们欢呼，击木而舞，持杆而跃，
哦，树皮衣！闪耀祖先的微笑，
那是行走的智慧冲破黑暗的光芒。
这是山神对我们的恩宠呀！
先人的利箭涂抹过见血封喉树汁，
他们走山，围猎，以集体胜利的呐喊，
禀告大山之子对自然神灵的敬畏。
如今，如今我们和大树一起，
同在一座村庄，同呼吸，共命运。
我们仰望，赞颂——哦，见血封喉！
它站立在那里是为了告诉世人，
一个不朽的民族正在新时代崛起！”

第六章 影视基地里念英雄

城东，什玲小镇，影视城——
袍烈领一众仙女莅临。
她们走进这洋溢着民国风情的
沧桑古城，四处打量，
街道两侧的骑楼建筑。
只见那——
沿街拱顶走廊多阴凉，
遮光避雨再适当不过；
雕花百叶窗纹饰精美，
无不是南洋建筑风格；
店铺林立，目不暇接：
银行车行百货经贸行，
药铺当铺裁缝包子铺，
酒楼赌楼咖啡风月楼……
青石长街却空无一人，
铺面大门紧锁，街道空空，
全无半点烟火气息。

赤仙姑十分好奇：
"建筑古旧，风格迥异，
和黎乡新楼截然不同，
却处处透出华贵气息，
是生活的好所在呵，
为何不见一个人影？"
袍烈说道："仙姑不知，

这是个演戏的所在哩，
拍戏时人潮不绝，
平日里难见一人。
十年前，为了拍摄
《浴血天涯》电视连续剧，
建起这仿造的琼崖古城，
民国时期骑楼风情，
再现当年的城市街景。”

蓝仙姑说：“我们要听
《浴血天涯》的故事！
在黎乡的土地上，
有过怎样的恶斗和纷争，
黎乡的老百姓到底
承受过怎样的苦难。”
街道十字路口正中间，
一棵凤凰树高耸入云，
七仙女坐在树荫下聆听
袍烈的讲述。袍烈说：

“在这里，曾经上演
可歌可泣的抗战故事，
琼崖革命武装和根据地创建人冯白驹将军，
带领海南各民族人民，
为解放家乡，争取幸福，
与国民党顽固派，
与日本侵略者，
奋勇抗争，机智周旋，

苦苦坚持了二十三年，
挨过艰苦岁月，
多少子弟兵献出了
宝贵的生命——终于
把血染的旌旗插在城头。
二十三年红旗不倒啊——
这历史我们永远铭记！
那时候，红色革命的种子
洒遍宝岛的山山岭岭，
黎乡的土地上，同样喷涌着
英雄的热血。
黎族儿女个个英勇，
面对压迫，面对欺凌，
他们不再忍气吞声，
从苦难的黑夜里，
发出山鹰一样的呐喊，
奋起杀敌——
循着黎山的枪声望去，
那些义愤填膺的枪声，犹如星光，
在山这边闪亮，在山那边闪亮；
那些枪声的回响，洒在黎山的
角角落落，在历史的夜空中。
我脚踏埋葬英魂的土地
敬礼！我是英雄的后裔啊——
这时他们沉睡着，在战斗过的地下，
用他们不曾冷却的血肉托起
人间三月的万紫千红。
如今这里绿野勃发，草木葱茏——

我静静地望着崭新的家园，
陷入回忆。枪声清晰，此起彼伏，
回荡在黎山之中——仿佛在耳畔，
响彻黎族儿女的呐喊！
冲锋江潮般激荡——
压抑的火药终于咳出了它的痛，
沉寂多时的山谷为之一振，
仿佛春雷，仿佛夏雨——
要知道，
温和的河水也会腾空飞跃，
当它遇到顽石的阻挡；
幸福的蜜蜂也会以命相争，
当恶徒掠夺它们的财产。
抬起头来了
——山坡上耕种的汉子！
猛然跳起来了
——夜游的青年！
卷起袖子跑出来了
——田里插秧的妹子！
空阔的晒谷场上亮起来了，
在火把的光明里，
长老吹响集结的牛角号！
孩子们背起见血封喉的毒箭、
粉枪、弓弩、长矛、砍刀……
当年这些捕猎的工具，
成了杀敌的武器，紧握在
沾满泥巴的农民的手里，
爆发出一个民族的决心和宣言——

起来反抗！起来反抗！”

仙女们像一群听话的小学生，
安安静静地听老师讲故事。
诚然，对天上神仙而言，
人间的纷争她们只觉得好玩，
英雄的精神却要刮目相看。
袍烈越讲越激动——
时而挥拳踢脚，
仿佛与敌厮杀；
时而高声呼喊，
仿佛在冲锋陷阵；
时而持木为枪，
像阻击战里疯狂的战士；
时而抓石投掷做炮弹，
像阵地上的士兵。

袍烈这时要讲两个故事——
“我们黎族儿女真是英勇，
不信请听我说来，
你们就知道——
十五岁少女烈士王凤莲①，
是如何的英勇；

---

① 王凤莲，女，黎族，海南保亭保城镇什聘村人。1940 年冬加入抗日队伍，1941 年为了给第三支队打开交通线路，在黎乡问路时不幸被国民党逮捕，她至死也没有出卖队伍，牺牲时只有十五岁。

全国战斗英雄陈理文①，
是如何的顽强。”
满腔激情的袍烈走到街心，
一边模仿，一边讲述：

黎家的姑娘，民兵里
一名热爱民族的女孩，
在为部队执行突围寻路的任务。
当她走进一个黎村问路，
却闯进了敌人的罗网，
可怜呀，年纪轻轻的阿妹！

国民党顽固派逮住了她，
这位部队探路的地下工作者，
十五岁的脸蛋显示着坚毅，
仿佛阳光穿透凄风苦雨；
——敌人的监牢又脏又臭，
她只在意，丛林里的战士。

敌人好话说尽，也不能
诱使她吐露半点机密；
对她动刑，严逼拷打更不曾
迫使她屈服于凶器；

---

① 陈理文(1928—1986)，男，黎族，保亭人。因战斗英勇，屡立战功，被授予“全国战斗英雄”荣誉称号。曾任琼崖纵队副连长，后被评为纵队“特等功臣”。后来担任过中共保亭县委副书记、县长，海南黎族苗族自治州政协主席，第六届全国政协委员。他在执政期间刚正不阿，自我要求严格，从不徇私，心中只有党和人民。

毒蛇似的敌人也感到震惊，
她的目光天鹰般犀利。

子弹，不能消灭她的忠诚——
她死去，在胜于黄金的沉默里。
行刑士兵说："没见过不怕死的女孩，
从不求饶，钢铁般坚毅，
只有共产党人的品性，
才会如此刚烈！"

赤仙姑道："谁说女子不如男，
看看这了不起的黎族女性，
为民族大义，牺牲自己，
那是多么珍贵的品质啊！"
青仙姑说："古有花木兰女将，
替父从军的女英雄英姿飒爽；
今有王凤莲，英勇的民族战士，
年轻的生命献给了民族解放的事业！"
紫仙姑说："巾帼英雄王凤莲，
她是女性的典范。"
袍烈继续讲故事：

全国战斗英雄陈理文的事迹，
应该讲一讲。印象最深刻的
是在那一次攻城的战斗中——

日本鬼子的碉堡挡住了去路，
像一个黑而壮的巨型蝎子，

向外喷射着毒刺。子弹畅饮人血！
“哒哒”“哒哒”——
恶魔得意的狂笑令人愤恨。

琼崖纵队的勇士们如海浪
扑上去，又退下来；
黑而壮的蝎子碉堡在喷射着毒刺，
他焦急地看着——
子弹畅饮着人血。

“敢死队的同志们，
轮到我们去炸掉它了！”
黎族青年陈理文，跳出去，
冲锋在前。
抱着炸药包同去的一个弟兄
陆续中弹身亡。

燃烧的心哪儿顾得上恐惧，
陈理文一心只想扑向毒蝎子；
炸药包挑在长竹竿上，继续
冲锋，躲闪，前进，飞跃——

他穿梭在子弹缝隙里，
仿佛与死亡做游戏；
他挑着炸药包，顶在碉堡墙上，
一声痛快的爆响宣告胜利，
——黑而壮的蝎子即刻化为尘泥！

英勇的突击队战士
陈理文被埋砖石下，
胜利的欢呼是最高的荣誉！

我们的战斗英雄陈理文，
海南的功臣，黎族的骄傲，
只见他——
从垮塌的废墟中，
猛又站了起来！

仙女们静默着，若有沉思，
好一会儿才回过神。
赤仙姑道："黎族儿女真豪迈，
为了民族解放和他人的幸福，
他们要把自己的生命奉献。"
紫仙姑道："黎乡美景多哉，
我看再美的风景也美不过
黎家儿女的奉献和牺牲，
我愿用强大的善念祝福他们
勇士的后代，活在美丽的人间。"

黎乡曾是战火蹂躏的地方啊，
是先辈的血液把战火浇灭，
而侵略者的魔爪多么恶毒，
我们的同胞饱受地狱的苦难。
当和平的钟声敲响，他们的子孙
也还会追忆起，历史的惨烈，
那一幕一幕血案的场景，

如同昨夜恐怖的梦魇。
保亭解放74年,这土地上的人,
谁不咬牙切齿?袍烈控诉道:

“那时,我们的乡亲苦难深重,
国民党反动派压迫、剥削,
日本侵略者烧杀、奸淫、掳掠。
抗战百年来,黎乡的土地上,
留下他们多少罪证——
吊人树上被凌虐的
五十三颗头颅在哭诉,
万人坑埋葬黎民的冤魂和
日军泯灭的人性,
碉堡、炮楼至今昭示着
侵略者的恶行,
还有迷失的灵魂,残害
阶级弟兄的卑劣行径,
今天都要揪出,
重新审判和清算!
永恒的大地记住
这屈辱的历史——
遗址之上,
青草掩盖不了悲号,
消失的物证带不去罪恶,
在我们的烈士墓前,
仍听到铮铮誓言——
遗址之上,
浮现英雄儿女的面庞,

他们使这片土地
变得幸福,也变得沉重。”

袍烈慷慨陈词,仿佛
战争刽子手就在眼前。
赤仙姑道:“袍烈呀,
黎乡那不幸的过去,
我们听得满心怒火,
对邪恶的势力怀着愤恨;
那不义的民族和军队,
在地狱之中,他们丑陋邪恶的灵魂,
必得到更难忍的折磨,
都逃脱不过天庭的审判。”

第七章　大田意境文化乡旅

喜鹊婉转地鸣叫，把大田村
从晨曦的光辉里唤醒。
乡村文化景区——“大田意境”，
披上橙红色薄纱，呈现脱俗的美景。
雾气未消，村中楼房的影子
朦朦胧胧，公鸡拉长的啼声
刺破黎明。当暖阳照耀大地，
阳光如金子洒在黎乡，
村前的田地里，早已出现
护理瓜菜的农民，
他们摘瓜、剪叶、喷药，
在各家的菜园忙个不停。

新时代的农民，有丰厚的回报，
在太平盛世，靠勤劳和技术
造一个富足康乐的美好家境。

天蓝云白的小山上草木常青，
笔直的槟榔树一棵紧挨着一棵，
并排站立在山腰上，
槟榔林——黎乡最美的风景！
现如今，这里已建成
特色旅游休闲娱乐乡村，
远近游客从四面八方涌来。
好一处诗意乡村。

袍烈与众仙女缓步走着，
沿着村前流水潺潺的小溪前行。
一座小巧精美的钢架拱桥，
俯在溪上，连接并不遥远的两岸。
一群游客带着孩子，欢声笑语，
在小溪下游的水中徒手捉鱼；
中游溪边，旅人正握着鱼竿，
旁若无人，聚精会神地垂钓；
上游鹅卵石装饰的冷泉池里，
游客浸泡着，一脸舒爽惬意。

栈道整洁，五步一椅，十步一亭，
游人走走歇歇，观赏着田园风景。
一条小径穿过竹林，通向幽处，
把观光者引向诗意的秘境。

山溪左岸，竹林长廊，竹影婆娑，
刻诗的石碑引起游客们的诗兴；
行人看看这篇美文，读读那篇诗歌，
沉浸在诗意的田园里，
呼吸充满了芳草味儿，
每个人都打开了紧闭的心灵。

沿着木栈道，来到田洋中间，
置身于七色花的光影。
游人热衷于拍照，
以青山绿树为背景，

以多彩鲜花为装饰，
留下珍贵的形影。
田亩之中许多好玩的项目，
触动七仙女好玩的心情。
袍烈这个向导尽心尽力，
带领仙女感受凡间的乐趣。

看，七仙女端来了，
锡纸包裹的土鸡、鲜鱼、玉米、
地瓜、鸡蛋、茄子、牛肉……
这些食物早已备妥。
土块又干又硬，垒成土塔，
被烈火烧得通红。袍烈指导
七仙女把食物塞进土垒的火塔，
用棍棒敲击，拍打，
裹得严严实实的一层热土怎能
包得住一阵阵鱼肉的清香！

干净的村道上，阳光里，
走着衣装华丽的七仙女。
迎面一位村妇走来，并不好奇，
道是附近影视基地的演员，
她好心道："小姐姐们啊，
这一早就准备演戏啦？
一看就知道你们来自外地，
一个个细皮嫩肉，腰细腿长，
长发及膝，袅袅娜娜地走着，
真像天上的七仙女耶！

来,请到婶婶的小院里来坐坐,
家中新鲜的椰子又甜又清凉,
果肉嫩白可口,口齿留香,
这第一单免费送给有缘人。"
众仙面面相觑,忍俊不禁,
一面暗笑那妇女不识仙家真面目,
一面为她的善良和真诚而动情。

田边,那人声喧哗的热闹处,
是搭建在溪畔田中的
一条长长的空中美食街。

那一侧,数十个特色美食摊铺
一字排开,毫无相同;
这一侧,桌椅上坐满了
悠闲自在的游客,幸福欢乐。
众仙女满心欢喜,
抵挡不住这人间美味,
敞开了肚皮,一路品尝。
那美食,仿佛是在比赛争优,
各显神通争赞美,
要赢得游客的芳心。

这里汇集了黎乡美味——
黎家粽子或长形或三角形,
从蒸笼上取来剥开,
猪肉与糯米的混香让人迷恋;

竹筒饭从竹中剥离，
是一截山蓝米的圆形零食，
抓在手中闪着油光；
圆圆的椰子鸡饭团一人一个，
椰丝和肉丝在饭粒间，
生发一种难以说清的滋味。

色香味俱全的人间美食——
三色饭以红、黄、黑的颜色，
吸引每个行人的目光，
并以其清甜的糯性捕获你；
陵水酸粉自是跨地域的高手，
全岛闻名，人见人爱，
在黎乡成为美食界的公主；
什玲鸡在自酿米酒的香气里，
释放出那滑嫩鲜香的气味，
它金黄透亮的表皮就是标签。

令人流连忘返的绝美佳肴——
六弓鹅在大锅里炖煮，
一碟白斩端上餐桌，
从没有人拒绝它的鲜美；
八村石灵鱼连同砂锅
摆在眼前——一锅清焖，
保持鲜美的原汁原味；
毛感鸭很是低调，
和毛感人一样少言寡语，
却蕴含着动人心魄的魅力……

七仙女这儿尝一口，
那儿试一下，吃遍长街，
一个个抱怨肚子太小。
吃饱喝足，袍烈与众仙坐在
长街的观景台上，以一颗自在心，
欣赏这秀美的田园风光。
只见那田野中，
一块泥巴田，人们穿着泳装，
男男女女，老老幼幼，
要么在那稀泥汤里打滚，
要么在那田埂上晒太阳，
晒成一个个白的石膏像。

看看那边的采摘园——
果园中，桃金娘树结满了果，
饱满的小果粒最受欢迎，
此刻被众多双手尽情采摘；
火龙果以火焰球般的外形
吸引游客驻足、走近，
像一个微笑不语的女郎；
小小草莓是女孩们的最爱，
红草莓，不装满竹篮，
就不能让姑娘们尽兴。

田园里满是体验的快乐——
满树金黄的木瓜真是喜人，
那透人骨肉的甜香远远地

飘到这边仙女的鼻子里；
地瓜在松软的垄上被孩子们
揪住，抓出，个大体圆，
像一只只灰红色的地鼠；
远处更多田亩间，
薰衣草、油菜花露出
浪漫的紫色和黄色。

袍烈说："黎族的美丽乡村，
村民不仅种地、种瓜菜，还利用
田园美景从事休闲旅游项目，
他们是新时代的农民。"
袍烈领着七仙女继续前行，
来到一口废弃的老井旁。
袍烈说："二十世纪 80 年代以前，
我们黎村都使用这样的水井，
如今，它已成为旧物，
成为乡愁的出水口。"

边上一座石头砌成的长形牛圈，
里外覆满了暗绿色苔藓，
旺盛的飞机草把它侵占。
袍烈对七仙女说："在旧年代，
黎家人的牛轮流放养，
晚上就赶进牛圈里，
这是集体经济时代的物证。"
七仙女满怀好奇，
左右打量这人间的旧物，

仿佛这是一件宝贝。

东面山坡上,橡胶林郁郁葱葱,
其中屹立着一棵百年古榕。
通向那里的步道与众不同,
两侧由无数彩色轮胎装饰,
彩色玻璃酒瓶组成的
铁树,无比新奇;
步道两边,彩色鲜花绽放,
山风里满是浓郁花香。
七仙女笑容可掬,
穿过田洋,来到古榕树下。

榕树枝上,挂满了红丝带,
上面写着祈求平安健康的愿语,
都是孝善子孙为老人祈求长寿。

榕树不远处,山腰上,
一座土地公神庙香火旺盛,
人们跪地朝拜,祈求保佑。
袍烈对七仙女说:“仙姑们可知道,
土地公是我族尊敬的神,
在每一座村庄,都有他们的神庙,
那里持续着我们虔诚的香火。”

橙仙姑说:“真没想到,
小小土地公在人间备受尊敬。”
赤仙姑说:“他兢兢业业,

护佑一方黎民,理应得到香火。”
土地公现身,对着七仙女作揖:
“小神恭迎七仙上神!”
赤仙姑道:“土地公,
黎族百姓如此信任你,
请你恪尽职守,不负民心,
力保一方平安、兴旺、和谐。”

土地公道:“小神谨遵仙嘱,
愿守一隅,担负这神圣的使命,
绝不让妖魔鬼怪祸害人间。”
袍烈上前对土地公礼拜:
“尊敬的土地神啊,
平时怎能见你一面?
趁这难得的机会,我应当
感谢您护佑我黎乡幸福,
护佑我们的家祖和子孙,
谨受我这黎家子弟三拜!”

慈祥的土地公说:“不谢!不谢!”
袍烈拜完土地神,转过头,
对众仙说:“仙姑们方才见证,
黎乡新貌如此美丽祥和,
人民生活富足快乐,
这都全凭当今时代的功绩!
我们生在中华人民共和国,
远离战争和苦难,
在祖国强大的庇护下崛起,

成就了这了不起的功业！”

赤仙姑道：“袍烈所言非虚！
纵览古今，又有哪朝哪代，
百姓得到如此恩典——
他们有自己的田地，
自己的产业，自己的财富，
户户新楼，安居乐业，
家家殷实，和谐美满，
举目四望皆是锦绣花园，
歌舞升平的世界已经实现，
天堂虽美，怎比这盛世中华！”

蓝仙姑打趣道：“莫不是姐姐
留恋俗尘，要在这黎乡落户，
做一个自由快活的凡人，
享受这些美景、美食、美宅？
那得寻一个好情郎啊！”
赤仙姑嬉笑道：“好妹妹呀，
你自己的俗念怎能安我头上，
倒是你，想做凡间女子，
瞧这善良的袍烈不就是
好夫君？得来全不费功夫！”

第八章　仙安石林本是仙境

琼州海岛景新奇，论第一
保亭的风景数最多，这其中
仙安石林①最独特。
袍烈与众仙女腾云驾雾，
立在石林平坦处。
放眼望去，够震撼——
万亩石林，万根石针耸立，
一排排，一列列，如宝剑齐聚，
令人望而生畏。
仙女们正看得兴起——

袍烈说："山下有溶洞，通山顶，
洞中别有一番天地，甚是壮观，
我们去看看。"他们向溶洞走去——
断壁下，溶洞口敞开着；
初入洞内，眼前黑漆漆，
伸手不见。袍烈感到浑身寒凉，
搓手取暖，并运气提神。
嘿，这时刻，毕竟有仙人在，
七仙女略施法术，
洞中即刻清明透亮。

和七指峰洞中相似，

① 位于保亭县毛感乡的喀斯特地貌自然景观。

洞顶垂挂着尖针似的钟乳石，
洞中有水滴的清响，
石桌石椅石床一应俱全。
越往里走，越不见底，
长廊般的岩洞向内延伸。
忽听见刺刺之声，睁眼细看，
一条巨蟒挡住去路，
盘着身子，抬头相对。
袍烈连连后退，吓得腿软，
正要逃跑，却迈不开脚步。

前面说袍烈有仙人护佑，
此刻自然逢凶化吉，
赤仙姑走到蟒蛇跟前，
不知说了什么话，
巨蟒收起了它恐怖的嘴脸，
徐徐向山顶洞穴爬去。
穿过狭长石洞，前面渐渐明亮，
须臾间，豁然开朗，
天空绿树映入眼帘。
众人爬到洞口，石林尽收眼底，
其间仙气缥缈，云雾缭绕，
好一处别开生面的人间奇景。

袍烈介绍："此一地，毛感仙乡，
远离市井繁华，幽静的地方，
世人皆称'保亭小西藏'，
石林喀斯特地貌形成于上古时期，

吸收日月精华,耸立千万年,
亦被黎人称‘大自然的兵马俑’。”
上仙驾临,山神慌忙现身,
对着众仙作揖:“此地人迹罕至,
恭迎七仙女光临!此确南国宝地,
也是凝聚灵气的修行佳境,
不少善魂灵体择此地修行,
如溶洞内隐修三百年的蟒精。”

橙仙姑问道:“当地人是否有破坏,
外来游客登临是否恭敬文明?”
山神答:“当地黎民偶至,
或入溶洞捕捉蝙蝠买卖,
或翻山越岭寻药治病救人,
或游玩欣赏自然风光,
或有虔诚者前来上香拜供。
可叹的是,亦有不敬者,
擅自敲断石尖私挪回去,
不少石林损毁,影响造化。”

赤仙姑道:“恭敬者,祥福相赠,
不敬者,且由山神酌情惩戒;
人间自有准制,否则公道不存,
大小善恶有所统计并施法度。”

第九章 黎族婚礼上对民歌

黎寨里,黎族人在操办喜事,
那阵仗,真个热闹非凡——
新村里一座新落成的别墅前,
庭院里人群熙攘,眉开眼笑,
妇女们穿着艳丽的黎族服装,
长筒裙短筒裙,红的绿的,紫的青的,
或纯色衣裳,或数色相间;
远亲近邻共聚,同贺新人,
八音队尽情演奏助兴的乐曲。
十二辆小车在村道上前后排开,
车上喜字红花闪着缕缕金光。

良辰已到,鞭炮炸响,
幸福的新娘挽着新郎的手臂,
双脚跨过燃烧的一丛稻草,
胸前的银饰一路叮铃作响。
厅堂之上,长桌两侧,
男女双方推杯换盏,进行着
黎族的接亲仪式。
正午十分,响起入席的鞭炮声,
青年们端上来十几道菜肴,
房前屋后或在槟榔园中,树阴下,
村人及众亲朋早已举杯欢庆。
新郎和新娘喜气洋洋,挨桌敬酒,
端着盛满槟榔、香烟和果品的藤器,

在酒桌之间行了认亲礼。

今天啊,是主家重要的日子,
兄弟们齐上阵,杀牛宰羊,
鸡、鸭、鹅、鱼、猪已备好,
芭蕉心、酸鱼茶如此美味,
把火烧旺,砍的砍,炒的炒,
厨房里奏响团结互助的金曲。
熊熊炉火发出一阵阵嬉笑,
迎接七仙女一行贵客光临。
人间烟火藏着爱和欢乐,
七仙女此时融入这爱的集体。

乡亲们拍手鼓掌欢声笑语叫好。
一曲歌罢,袍烈拱手向众人答谢。
新郎说道:
“坐下来吧,远道而来的客人,
欢迎你们到这黎乡来,
黎家的山兰酒代表我们的心意,
良辰吉日里让我们同饮。”
他饮了一杯酒,又道:
“唱歌助兴真欢喜,
会唱歌的,放开你们的歌喉,
会跳舞的,扭动你们的腰肢,
会喝酒的,就喝到月亮升起来!”

村庄里,尽是欢乐的气氛,
婚礼变成了娱乐的节庆,

暖阳普照,如同黎家人的热情,
连同他们的宽容友爱,照进
每一个在场的乡亲的心里。

一位黎族阿公走出人群,
也用黎语唱起了《祖孙打趣歌》①。
袍烈来了劲,和那位阿公,
对唱这首老民歌。
一个老者,一个青年,
你来我往,唱得多有趣——

阿公唱:
日夜吃喝不下厨,只会吃喝不读书;
哪块肉大夹哪块,吃完一盘还叫煮。

袍烈唱:
阿公照样不下厨,只管放牛不读书;
从前到今谁不见,公也糊涂孙糊涂。

阿公唱:
公理面前你已输,为何放牛不读书;
大兄出门你在家,老管吃喝像头猪。

袍烈唱:
公也理由孙理由,放牛农务要保留;

---

① 见黎族作家亚根采编的民歌集《黎族民歌经典选本》,属保亭赛方言民歌。

当官孟政住瓦舍,当官洪武放过牛。

阿公唱:
这个奴才好厉害,说话还有道理在;
谁教你来这般会,在你面前只认栽。

袍烈唱:
孙本生来就厉害,放牛过村又过寨;
多少道理懂一点,你不认栽不应该。
放牛也有计策谋,耳朵大大角毛糙;
马因长毛不长角,牛角过长才短毛。

阿公唱:
阿公因穷不读书,管好牛群又管猪;
只管猪牛吃饱饱,种了田稻种番薯。

袍烈唱:
小小孩儿去放牛,用心管好不能丢;
种田种地都用牛,咱家牛多有人求。

阿公唱:
孙要唱歌声放大,公要放火烧山楂;
木柴树叶都烧了,烧了过后种山麻。

袍烈唱:
烧山楂就烧山楂,孙呼山雨下大大;
连到灰烬都淋透,淋到阿公起疙瘩。

阿公唱：

小小鱼儿不上秤，放在盘里把面撑；
用上筷子夹几条，扔到地上喂蝇蛏。

袍烈唱：

阿公没死身先凉，先睡床上怕冻僵；
十七棺材十八葬，葬公选在高山梁。

乡亲们哄堂大笑。
袍烈也笑道："呸呸呸，
孙儿我吐掉三口水，
收回那不吉利的话，
咱家阿公好长寿，
因为他是善良人。"
人群里，响起一个女孩的声音：
"唱首情歌吧，
新郎新娘同欢喜，
单身的男女也开心。"
袍烈向她喊道："唱就唱，
只要你能唱出口，
哥我酒醉也奉陪。"
一个姑娘，一个青年，
唱起一首《劝夫歌》[1]——

---

① 见黎族作家亚根采编的民歌集《黎族民歌经典选本》，属保亭赛方言民歌。

女孩唱：
夫未靠近妻嘱咐，千万不走黑暗路；
要走也要灯光明，灯光照明好前途。

袍烈唱：
妻你嘱咐夫就听，生死由天攸关命；
夫会行走光明路，灯光照明路好行。

女孩唱：
桌上喝酒先吃菜，有菜压底无大碍；
有人夹菜尽管接，菜饱酒够乐开怀。

袍烈唱：
桌上吃酒先吃菜，酒也喝来拳也猜；
有人敬酒要接受，一个接到一个来。

女孩唱：
嘱夫出门要警惕，姑娘攀谈不要理；
路上野花不要采，不要让妻被人欺。

袍烈唱：
不用嘱咐夫也知，路上姑娘不认识；
路上野花只能看，要是采了后悔迟。

男女合唱：
热水不比冷夫妻，乘车不比乘飞机；
没情相识只等闲，有情相处没终期。

袍烈道:“阿妹的民歌唱得好呀,
咱就再来对一对。”
他开口就唱起《约会歌》[①]——

看去那边岭,看去那边沟,
喊话又太远,折树枝做记号。
挥衣叫你来,挥手让你看,
站久脚都肿,十次不见来。
看上路不见,看下路不见,
上路下路都不见,不见你笑脸,
不见人影不见声。
玩到树开花,游到树花谢,
玩到甘工鸟有子孙,玩到田水干,
玩到鸡踝尖,玩到稻开花……

黎家女孩的情歌真是多,
这时对唱一首《迷药歌》[②]——

咱俩在一起玩,
不要放迷情药,不要放晕头药,
不要放漂浮药,不要放醉魂药。
咱们在不在一起,都不要吃药呀!
我中了你的药就没法解了,
很美丽的鲜花也要枯萎呀!

---

① 见黎族作家亚根采编的民歌集《黎族民歌经典选本》。

② 见黎族作家亚根采编的民歌集《黎族民歌经典选本》,属哈黎方言民歌。

咱俩一起玩，
你不要在草席上放药，
不要放让人笑不停的药，
不要放让人没力气的药，
不要放在饭碗里，
这些药比什么都厉害呀！
妹问这是什么药？
哪个村落有这种药？
哪一种药会让椰子树掉果？
哪一种药会让槟榔树折断？
哥哥哟，你放药在
妹坐的石头，妹走过的竹林。
妹走过斜坡，哥走过山脚，
明明长有解药却找不到呀！
哥哥哟，你跟妹一起玩，
就更不要放山苗药和鸡冠药呀！

一首接一首，他俩的情歌，
唱到太阳落下山，唱得喉咙都沙哑；
一首歌，一杯酒，
唱得袍烈眼泪流，唱得姑娘情愫来。

第十章 茶溪谷观音莲花座

黎乡美景赢得了仙女的欢心，
黎族风情也使旅途增添了乐趣。
在七指峰森林中，大榕树环抱的
袍烈的石屋前，她们围坐在
又宽又大的石头上，愉快交谈。

袍烈说："我想起一个去处，
定使你们个个欢喜，不枉一行！"
仙女们几乎同声问：
"何处胜景？速去观览！"
袍烈微笑着说："此去往西三十里，
有一处幽谷，背靠三面青山，
满山茶园在缥缈的云雾中，
茶园深处有一宝地，便是胜景处。
仙姑们到了地方便知。"
仙女们心驰神往，
都盼望着　睹那处人间佳境。

这日清晨，她们翩然而至，
浓雾中传来一阵阵清脆的鸟鸣。
潮湿的露水落在脸上、身上，
如同细细碎碎的小雨。
走进空阔的山谷，灌木林中，
一座奇异的大石头赫然映入眼帘，
那形状，栩栩如生如六瓣莲花宝座。

仙女们走上前,惊奇不已。
有的说:“难道是观音大士的莲花台,
不知何时坠落到这凡间来了!”
有的说:“此处山青谷幽,确实是
一处修身养性的绝佳妙境!”

袍烈抚摸莲花台,
顺时针绕了一圈,
站在正前,合掌拜了三拜,
却不曾许下一星半点的心愿。
橙仙姑说:“凡人拜佛求仙,
要么求财,要么求健康,要么求平安,
总之对神佛有些祈求,你怎么
只是默默朝拜,无所祈求?”

袍烈抬起头来,说:
“一直以来,观音留下
空空的莲花座在这里,
在远离喧嚣的溪谷里,
在阵阵茶香的环绕里,
留下了佛根——
我必须抬头,
仰望她至高无上的威严,
而在我的内心,
我的头早已低下,
跪拜在她博爱的足前。
莲花宝座托起的,
是神圣的使命,
是吉祥,是幸福,是安康,

是真，是善，是美，
是万事万物和谐的统一；
她洒下那些无形的甘霖，
使人间永远青绿，
凡虔诚的祷告必得呼应，
给出一个慈祥的微笑；
凡美好的祈愿必得实现，
给出一个美好的祝福。
我知道，她所给予的，
是人们应该获得的，
而人们不应得到的，
烧再多的香也无缘得到；
我不祈求财源滚滚，
因为收获要有耕耘；
我不祈求身居高位，
因为权力要有担当；
一切果来自一切因，
一切全凭自己创造；
只要前进的路上有光明，
只要我走在正确的道路上，
就能获得幸福！”

且说这莲花台。仙女们疑惑，
凡人如何发现的这尊宝座。
袍烈说：“20 世纪 50 年代，
黎苗族村落仍是刀耕火种，
村中尽是茅草屋，泥巴墙，
朴实的生活远离城市文明，
村民靠种植和打猎为生；

有一天,来了一位汉人,
住在苗村里,和苗族姑娘结为夫妻;
他们伐木开山,种植茶树,
就是这山中茶园的基础;
村民们都成了茶工,有了钱,
住上了大平房,过上了好生活,
对于那位有恩的汉人女婿,
村民们无不感恩戴德,有口皆碑;
或许是上天有知,天降洪福——
一天中午,在茶树下歇息的他,
在梦中醒来,一只美丽的蝴蝶,
在他面前起舞,边飞舞边朝山谷飞去,
那人一路跟随蝴蝶的指引,
来到这莲花台前。
汉人女婿定睛一看,
蝴蝶在莲花台上空扇动翅膀,
忽然间变成了一位白衣仙士——
正是手持白玉净瓶的观音菩萨!
脚踩着发着金光的莲花台,
观音菩萨语音空灵祥和:
'你本汉人,到这穷乡僻壤,
与苗族人联姻,开山置业,
带动此处乡民发家致富,
积累了不小的功德!念你
善行美德,日后若有所求,
可到此处相告,自有效应。'"
众仙频频点头称好,
为观音菩萨的恩典感念万分。

第十一章 缘真湖有座神玉岛

缘真湖如一个睡美人，
那样静雅，满含闲情，微笑着
躺卧在五指山南麓的热带雨林中；
像一位神游梦境的女子，
头枕黎山，盖着绿森林的被褥，
于山谷清凉的睡床上酣眠；
远远望去，宽大的湖面仿佛
一面绿铜镜，山风似有若无地
在波光潋滟的湖面游走；
湖水正中央，耸立着
一座绿色小岛，如同一艘画舫，
在那里静静地漂浮，
又如一颗绿翡翠，镶嵌在
湖水这巨大的皇冠上。

袍烈与七仙女悄然降落，
现身在湖岸边一座凉亭里。
只见此地——
游人如织，三五成群，
兴高采烈地欣赏游玩。
跟随游客们，她们登上小船，
木船在湖水中缓缓游行，
载着满心欢喜的人们沿湖游览。

蓝仙姑说："这真是

清净的林野,无尘的世界,
心被凡间的美景征服,
满是喜悦之意,沉静之情。”

游船向前行驶,像一把剪刀,
在缘真湖这匹绿布上裁剪;
船前,水面破开,发出细响,
亦如一曲天籁,协奏自然的和声,
让心灵宁静,使性情温和;
白色水花在船后面涌起,
翻腾着,像快乐的水精灵,
一路嘻嘻哈哈地跟随。

青仙姑喜不自禁说:
“这真惬意,我从来不曾
有过这样的体验!在天河里,
谁敢这样恣意游玩?
此处人间胜似仙境,
真想常驻在这山水之间!”

众仙一路观光赞叹,
喜笑颜开。湖两岸草木葳蕤,
重重绿影倒映水中。
空谷传来一声声鸟鸣,
整个缘真湖更加空灵。
云雾轻如薄纱,在山林之上曼舞,
水汽贴着水面,缥缥缈缈。

船停靠在湖中小岛，
游人在向导的带领下，
沿着木栈道向岛上走去。
向导说：“你们正站在
神玉岛上，现在我们拾阶而上，
去朝拜玉观音！要怀着虔诚之心，
真心祷告，祈求平安和健康。”

山顶上一座八角宝塔赫然入目，
全由汉白玉石砌成，古朴而庄严；
塔内正中央，汉白玉观音神像
端坐在莲花宝座上，
慈眉善目，抿嘴微笑，
手托净瓶注视着朝拜者。
袍烈恭恭敬敬，走上前，
双膝跪拜，合掌三叩；
他起身，抚摸着白塔，
从左至右绕白塔走了一圈；
他步入塔内，一股寒气袭身——
塔四周一众神仙罗汉像，
无不是玉石所造，神情各异，
让人不敢滋生半点邪念。

白塔前，七仙女并肩而立，
也献上仙人的敬拜礼仪。
袍烈问：“是什么缘由，让仙人
也怀着和凡人一样的敬意，
在观音神像前合掌献礼？”

青仙姑说:“世人都说南海观音
救苦救难,为天下众生普度,
却不知天界上,她的威仪法相,
同样得到仙人们的敬仰,
她的慈悲,是仙人们的榜样!”
蓝仙姑说:“你可知,
此去不远的三亚海边,
高高竖立的南海观音神像,
何等荣光?在人世间,
受人们供奉是仙人的愿望,
也是仙修的最好证明——
我等小仙何时才有此洪福?”

袍烈说:“仙姑何必伤感,
当年你们为抵挡风魔作乱,
扯下七根仙发,化成七座山峰,
七指峰如今屹立不倒,不就是
七座仙女们的神像吗?
早在二十一世纪之初,
‘七指峰’的名称更改为‘七仙峰’
为的就是要七仙女美名远播!
我们何曾忘记你们拯救黎民,
那感人的故事早已家喻户晓,
你们的功绩也将永远流传。
尊敬的神仙姐姐们呀,
连你们仙人都对善行恭敬,
凡人怎能不见贤思齐?
从你们身上,我懂得了

作为一个好人的修行,应当遵守
处事准则,时时刻刻要做到——
善道亲和,惠人以诚,
把博爱作为准则去奉行,
才能得到世人的尊敬。”

赤仙姑严肃起来,对袍烈怒道:
“瞧,你们多么痴心于功名,
多么糊涂,多么自以为是!
为博得八方游客的眼球,
美其名曰‘发展旅游经济’,
竟将流传千古的好名称更改,
弄巧成拙,割断文化的血脉,
私自以我们七姐妹作为招牌,
哼——我们可不给你们充当
形象大使,满足他的私心。”
赤仙姑笑道:“是呀,姐妹们——
我们的修行何必要人纪念,
默默行善才是最真的修为,
唯利是图终将会埋下苦根!”

袍烈与七仙女漫步在雨林中,
沿着湖畔,在木栈道上蜿蜒前行,
看不尽那赏心悦目的景致。
溪谷里流水淙淙,来自密林深处,
仿佛一个调皮的少年——
时而在石崖上腾空飞跃,
时而在平坦处缓步行走,

时而隐身在杂乱石堆里，
时而从洞穴中弹跳出来；
时而放声大笑，时而噤若寒蝉，
时而静止不动在水潭，
时而在石湾里旋转跳舞。

一片桫椤林好像是
一群身姿窈窕的美少女，
撑着绿伞，在那儿站立，
接受过往人群的欣赏；
这恐龙时代的物种，真个是——
美丽动人！山风吹来，阳光仿佛
一粒粒珍珠，哗啦啦地
从那细细的羽叶上滑落。

芭蕉树结着熟透的黄果子，
大方地喂养着松鼠和小鸟，
任由那些小精灵获取美食，
把甜香留在干净的林间，
多像植物中慈悲的菩萨。

她们一路游玩一路欢笑，
太阳不知不觉沉入西山。
空中呈现红黄灰三色美丽的晚霞，
好似一匹超级大的黎锦，
悬挂在西方整片天空，
长长的布匹铺向这里的山水。

夜晚静悄悄,天气寒凉,
湖中绿岛亮着光,从岸上望去,
像夜泊湖上的渔船的灯火,
在星空下,保持着暖意。
黎山多么安详,猫头鹰喊叫,
一声又一声,把人世催眠。

第十二章 游船形屋黎族村寨

袍烈说:“新时代的黎乡,
和从前的大不一样,
钢筋水泥建成的新楼别墅,
五十年前这是幻想中的豪宅,
如今我们的果园和田地,每一亩,
都在源源不断地生长着金币;
可怎么能忘记,那些艰难的岁月,
世世代代,黎族人居住在
低矮的茅草屋里——
那由泥巴和稻草糊起的土墙,
又怎能抵挡台风的侵袭?
为了历史的纪念,好让子孙后代
铭记他们族人的过往,
我们建起了——船形屋黎寨,
黎族祖先的生活和劳动在那里
得以展现,风俗民情被演绎,
那里是——黎族文化大型博物馆!”
仙女们表现出浓厚的兴趣,
都说要游览船形屋黎村部落。

袍烈与七仙女出现在
船形屋黎寨文化景区。
仙女们穿着黎苗服装,
像极了景区里的模特。
一些游客主动走上前来,

与七仙女合影留念。

她们徜徉在黎寨里，
见到了——古老的房屋，
那像一艘倒扣的木船的草房子，
泥巴墙、茅草盖、竹编门；
昏暗的屋里，泥土地板
被进进出出的人踩出光泽；
厨房黑乎乎，墙壁和屋顶
留下烟熏火燎的痕迹，
三块石头搭成的三脚灶台，
生着火，锅里煮着玉米；
一旁砖和泥砌成的大灶台，
也在炖煮着地瓜叶猪食，
要喂养猪圈里的几头土猪；
堂屋里，一张四方桌靠墙放着，
桌上藤篮里放着槟榔和蒌叶，
一旁是铺着蒲叶草席的木板床，
一个竹编的大谷箱立在边上；
最里面是一间老人的卧房，
衣服全都挂在竹竿上，
除了睡床再没有什么家具。

简陋的草房子前，是一间
没有墙壁的前庭，
人们时常在这里闲聊。
此时，仙女们看见
草堂的前庭下坐着两位老人——

一位文脸的黎族阿婆，
坐在铺着草席的地上，
在舞动织梭，悠悠然，
一边不慌不忙地织着筒裙，
一边和游客开心地聊天；
一位黎族阿公坐在长板凳上，
咕噜噜地抽着水烟筒，
面前是编到一半的竹背篓。

紫仙姑好奇地问道："老奶奶，
您为什么在身上纹这些图案呢，
难道是一种美的装饰？"
阿婆说："也只有在我那个年代，
女人才会在脸上、手脚上和身体上，
纹这种花纹——你说的不对，
这不是美的装饰，完全是为了
不被恶霸抢夺和占有，
迫不得已，让自己变得丑陋！
海南岛解放，新社会到来了，
黎族的妇女们从此不再
受欺凌，姑娘们再也不用
沿袭这个自我保护的习俗。"

袍烈继续领着仙女们前行，
来到山谷前的玻璃栈道上，
若无其事地走了过去；
几位游客走到途中，颤颤巍巍，
紧紧抓着护栏，惊叫着不敢迈步。

仙女们坐上滑索缆车,
滑过翠绿的雨林溪谷上空。

她们看见,一棵大树下,
几名黎族大汉在河边石头上,
用木棒敲打着树皮。
袍烈说:“仙姑们,
我的族人在制作树皮衣,
在那古老的年代,它曾经
遮蔽过我们祖先的身体,
让他们免受蚊虫的叮咬,
也曾抵挡难忍的寒冷。”
一名壮汉指着身后的大树说:
“看到了吗,这是见血封喉树,
它又宽又韧的树皮最适合
做成衣裳,柔韧又舒适。”

在一个空旷的晒谷场上,
正在表演着上刀山、下火海的节目。
一个木桩树立在正中央,
锋利的尖刀层层排列,
组成空中闪闪发亮的刀梯;
一名光膀赤脚的黎家青年,
头绑红巾,口喷符水,
念完一篇祷告文,徒手爬上
那令人胆战心惊的刀梯。
只见他脚踩利刃,手抓刀锋,
一步一步,登上木桩顶巅,

又缓步走了下来,向众人展示,
没有丝毫损伤的手和脚。

一名赤脚青年这时走到
由红彤彤的火炭铺成的
热焰升腾的,掺杂着碎玻璃的
道路一端,从火中
取出烧得通红的犁头,
对着观众在犁头上点燃香烟,
以此证明那块热铁的真实;
奇迹在那一刻发生——
那青年,竟然伸出舌头,
快速地舔向热铁块,
一阵青烟里,发出滋滋的声响,
数次过后,舌头都未曾灼伤。

在观众热烈的掌声平息之后,
那青年抬脚就冲向火的道路,
前后滚起星火和烟尘,
像一匹奋蹄前进的野马;
又一道人影,他第二次在火炭上
狂奔,脚下玻璃发出碎裂的声响,
他的双脚却未见半点伤痕。

另一个表演接着进行,
展示黎族钻木取火的技艺——
干枯的树枝上,挖出的小洞里,
一截木棍在手中飞速旋转,

俄顷,冒出了青烟,火苗在
表演者的吹气里蹿起。

仙女们看得新奇,
把热烈的掌声献上。
赤仙姑说:“真是佩服,
黎族人的智慧,他们经受住了
生存的考验,并学得一身本领,
在子孙后代里传承。”

第十三章 旧村遗址袍烈抒怀

仙女们陶醉于黎乡的优美景致，
喜欢看那古怪有趣的奇风异俗。
依靠仙术，她们在云中巡行，
沉浸在轻松愉悦的漫游的旅途。
忽见一处黎乡山坡上的墓地，
袍烈忽然叫道："仙姑请看那里，
那是我们家族的墓地哩！"
顺着袍烈手指的方向，她们看到
前面山坡上排列着一些坟墓。
下到地面，她们站在墓地跟前，
只见一座座坟墓修建得精致，
水泥砖墙围成的"小院"寸草不生，
四周的野草藤蔓也没能闯入。
水泥筑成的墓碑手刻死者的姓名，
像一个个家神守护着这片热土。

袍烈指着墓碑说："这是我的伯父、伯母，
六七十岁先后死于疾病；那是我的堂兄，
年轻气盛，死于一伙青年的毒手；
这是一生的光棍汉，还没娶妻就身亡，
他淳朴善良的一生却多灾多难；
那是一对长寿老夫妻，我的长辈，
还有那个、那个……都是至亲本族，
每个都与我有着或多或少的关联。"
袍烈径直走到最顶上的，两座挨着的

坟墓前,双膝跪下,拜了三拜。

袍烈说:“我最慈祥的爷爷葬在这里,
我最最亲爱的奶奶葬在这里,他们是
我们的家祖,护佑我们生活幸福。
每年清明,我们送来了酒和肉,
全族男女老少齐聚这里,烧香祭拜,
祈求家祖保佑,祈求家神赐福。
那一天啊,我们给亲人烧纸焚香,
我们在团聚的宴席上念起他们,
给他们敬酒,追忆起他们的生活。
在缅怀的眼泪和聚会的笑谈中,
朋友来了,兄弟来了,亲戚来了,
他们往酒杯里把浓情厚谊注入。
死的人活在亲人的心底,何必悲伤,
清明的节日里我们把温情托出。”

赤仙姑道:“人间走一遭,
难得做亲人。有情有义相搀扶,
钱多钱少生活好,万万不可
把人间最最珍贵的情感辜负;
最应该啊,常陪伴,把有限的时间,
奉献给相亲相爱的手足和父母,
可怜哟,人们却总是忙忙碌碌。
人类生如蝼蚁,短暂的生命怎能
浪费在无用的挥霍里,须知
你们最终都要回归到故土。”

袍烈这时欢喜地指着这片土地，
兴奋地说：“仙姑们，这里就是
我儿时生活的土地啊！我很清楚
我童年的记忆在此，情感在此，
我的根最初从这里延伸而出。”
读者朋友们，距今三十年过去，
袍烈儿时的村庄早已变成一片林园，
种上了槟榔，看不到半截墙土。
对故土的深情，使袍烈追忆起
童年往事，拉开旧时生活的场幕。

他们走近一口废旧的水井，
环形的水泥地面长满杂草，
砖石砌成的井壁满是苔藓，
井水中也漂浮着枯叶烂木。
袍烈说：“那时候啊，在这井中，
我和小伙伴们时常跳进去游泳，
尤其在炎热的夏日，水井就成了
孩子们跳水嬉闹的娱乐之处。
母亲在井边专心地洗衣裳，
从我们的欢乐里她得到幸福。

“在这个旧村，有两口水井，
（袍烈指向不远处的竹林）
那里一口，专门用来煮菜做饭，
这里一口，专门用来洗澡洗衣服。
水井最是一个热闹的去处哩——
每当早晨或黄昏，担水的人汇集，

人们在此谈论农事家事闲杂事，
十里八乡的新闻旧闻在此传播，
还有哪家哪族的婚丧嫁娶讯息，
说笑逗乐，宛如一台相声演出。

“红白喜事，人们在这里屠宰猪羊，
清冽的井水取之不尽用之不竭，
铁桶咣咣当当奏响助兴的乐曲；
妇女们洗菜，给菠萝蜜削皮，
锅碗瓢盆统统要在井边‘沐浴’；
出工归来的人在这里清洗手足，
疲惫的身体和脸面得到泉水的亲吻；
甚至家狗、山羊、水牛，也曾
俯在井边喝水，过路的人也会
捧起一口啜饮，无不得到满足。

“晚饭后的初夜，男人们来到井边，
取水沐浴，好说好笑地胡谈乱侃，
一桶一桶温暖的井水把夜色浇淋；
田野之上是静谧里的虫鸣和蛙鸣，
在夏夜，萤火虫还会进行空中曼舞。
后半夜是女人们洗澡的时候，
男人们知趣地腾出空位，
姑娘们的歌声会在星空下响起，
唱的是阿哥阿妹传情意的歌调，
远处偶尔回应着哪个有心人的对歌。”

袍烈说到这儿，脸上充满了向往，

仿佛那姑娘就是他追求的阿妹。
蓝仙姑说:"一口水井注满深情,
那是一个时代的美好记忆,
所有的旧时光都在井水里闪烁,
我能读懂你的感情,你是一名
不折不扣的可靠的黎子,热爱着
自己的民族,自己家乡的风物。"
袍烈呵呵地笑着,对着蓝仙姑说:
"怎能忘记老母亲的养育恩情?"

仙女们跟随袍烈走在旧村的遗址上,
任那多情的黎家子弟缅怀乡土。
袍烈认得出,前面平地新栽的槟榔园,
原来是这座村庄宽大的晒谷场,
这地方啊,同样有过难忘的事物。
袍烈说:"我记得那是20世纪80年代,
夜晚的晒谷场举行过热闹的联欢,
录音机播放着磁带里优美的音乐,
青年的木吉他演奏一支支歌曲,
时髦的金男玉女穿着喇叭裤,
耍太空舞步或跳煽情的双人舞;
有的表演起自编自导的逗笑小品,
有的踩着竹子做成的高跷,
有的展示他不知如何学会的缩骨术,
有的对唱起情意绵绵的民歌;
场地中央熊熊燃烧的篝火照亮黑暗,
那是旧年代里一种幸福的象征,
人们唱着跳着,创造温暖和欢乐,

朴实的集会涌荡着青春的激情，
维护着村庄与村庄的友谊。”

走过一处房屋的遗址，袍烈捡到
一只破了口的陶碗，白色的——
准确说是一个专装橡胶水的“胶杯”。
袍烈拿在手中，说道：“20 世纪 80 年代，
我们还用它吃饭哩！它本是农场
又脏又臭的胶杯，沾满胶水胶块，
却成为黎家人红白喜事通用的餐碗。
那时候呀，那些白白亮亮的胶杯，
成了孩子们收藏的‘金饭碗’，
公鸡碗他不爱，椰子碗也不爱。”

七仙女一听，都快笑出声来了。
在物资匮乏的年代，那样的物件，
在黎乡也算是难得的好东西。
袍烈又说：“我们脚踩的土地，
曾经是炊烟袅袅的村庄啊，
一座座茅草屋，一座座土坯房，
在这里有过它们坚守的位置，
如今却只见风中摇曳的飞机草，
像疯长的乡愁，侵占着我的心房，
因为旧村承载着太多的记忆。”

袍烈叹了口气，轻轻一笑，
又说道：“仙姑们，你们不懂——
那时参加搭建茅草屋有多快乐。

那一天，全村男女老少总动员，
无须召唤，乡亲们齐上阵：
下桩的下桩，上梁的上梁，
编茅草的编茅草，绑墙架的绑墙架，
有的踩稻草泥，有的糊泥墙；
有的杀猪做菜，有的准备碗筷，
一切在和谐的秩序中完成。

“我记得，堂姐们的布隆闺
就建在主屋的侧边，她们从小
就拥有属于自己的一间小屋。
那是我从来不敢闯入的禁地，
长兄和叔父也不能擅自进入；
长辈们都知道，要尊重女性，
不入闺房，不坐她们的睡床，
一定要自觉遵守黎乡的风俗。
只有啊，那披星戴月来寻的青年，
才被允许，用真心敲开闺门。

“我记得堂兄们的青年房是
单独的一间，我也曾在那里
度过许多愉快的少年时光。
夜里，青年们要去别的村庄
逛布隆闺，寻找他中意的姑娘。
他们回来得很晚，有时在三更，
有时在五更或天快亮的时候，
才回到这间希望和梦的地方。
我和他们在茅屋下，有过笑谈，

听他们讲书信和邻村的姑娘。

“我还记得，在这里举行过婚礼，
那是在一九八几年的某个夏夜，
村人们打着竹火，长长的队伍，
在星夜里走过山野，蹚过溪水，
接回那个会插秧的美丽的新娘。
欢乐的宴席，持续了三天三夜，
长桌宴上喝不醉的是亲情的酒，
唱不够的是温暖的欢乐的歌调。
整个村庄沉浸在喜庆的气氛中，
新娘从此成为这村庄里的一员。

“那时候，最欢乐的一件事，
是婚礼之夜在晒谷场上放映电影，
空地上挤满了村民和逛村的青年。
要知道，旧时的娱乐少之又少，
一场婚礼也是一场隆重的狂欢。
难得一见的电影吸引着人们，
从远远近近的村里赶来，追星赶月，
为满足心愿不顾山高路远。
许多爱情啊，也在集会上萌芽，
在那布隆闺里将两颗心交换。”

袍烈滔滔不绝地讲述他的回忆，
像一口汩汩地冒着泉水的喷泉。
他也不顾仙女们是否愿意聆听，
只是一味地追忆着旧时的乡村。

她们往前走,来到一棵荔枝树下——
古老的树木却和当年一样茂盛,
它见证了这座村庄兴衰的过程。
袍烈又开始发表他多情的演讲:
“我还记得,在老荔枝树下,
那个慈祥的老人烤爆米花的情景。

“嘭的一声,爆出爆米花的香气,
雪白雪白的爆米花装满了竹篮。
还有树下乘凉的老人的闲谈,
他们吸着自制烟丝的水烟筒;
炎热的午后,青年们在这里理发,
在这里弹吉他,在这里下棋;
孩子们在荔枝树上玩耍,做游戏,
荔枝成熟的时候他们最积极,
一筐一筐的荔枝分给父老乡亲——
这是一棵吉祥树啊,有爱的树!”

七仙女真是有耐心,竟然听完了
袍烈地长篇抒怀。赤仙姑说道:
“你这多情的人,你不倦的叙述,
是你对故乡的一片深情的证明。”
黄仙姑说:“谢谢你,让我们知道,
旧时黎乡的生活,清贫也快乐。”
袍烈挠挠头说:“我知道无论
我走多远,都走不出故乡的情思,
而故乡永远安详、美丽,躺在这里,
就像一只蝴蝶用过的空壳。”

第十四章 袍烈回忆童年往事

故乡这些熟悉的景象，
使我想起快乐的童年时光。
那是在无忧无虑的年代，
活泼的少年满怀激情，
像一头小牛四处奔走游逛。
多少难忘的记忆留在这里，
在生我养我的土地上，
我和故乡的植物一起成长。
如今重访黎乡，那些往事
一幕一幕浮现，充满了温情。

难忘那邻居家的小姐姐，
带着我，提着奶奶织做的网兜，
在秋雨过后的稻田里捞蝌蚪。
水汪汪的田间，回荡着
喜悦的笑声，快乐的劳动将在
家人们的夸赞里得到回报。
跟在小姐姐的身后，她教我
如何捞蝌蚪，如何取鱼仔，
她总把鱼和蝌蚪、田螺、野菜，
装满我那精致的藤腰篓。

在盛夏时节，艳阳高照的时候，
我和邻居姐姐带着砍刀和竹篮，
去村外找蚂蚁窝，采蚂蚁蛋。

有一次，在苦楝树上，我惊动了
一窝蚂蚁，它们向我进攻，
我连人带刀掉落在树下的泥潭。
白花花的蚁蛋被抖落在篮子里，
蚂蚁四处奔逃，像丢盔弃甲的士兵——
一篮子战利品，配上雷公根，
煮成汤，就是滋味美妙的晚餐。

记得在那橡胶林中，我和小伙伴
爬上那高高的橡树之巅，
枯枝搭成的老鹰窝就在那上面。
雏鹰叽叽喳喳叫个不停，
像在呼救；鹰爸爸在空中盘旋，
发出尖厉的长啸，令人胆寒。
忽然鹰爸爸俯冲而下，利箭一般
射来，将我啄伤，差点就掉落。
但倔强的孩子怎肯放弃？可爱的
鹰宝宝最终落入了我的手心。

木薯地是我们常去的乐园，
夜幕降临，那里时常燃起篝火，
那通常是冬夜里的捕鼠活动。
老鼠夹噼啪作响，烤肉的香气
接着就飘满了山野，混杂着
地瓜和木薯的甜香，飘入梦中。
夜晚我们在山里，讲鬼故事，
土地为床，草叶为被，长谈着，
直到村庄里传来公鸡的长鸣，

我们才钻进孵化好梦的草丛。

白天,冬日的阳光真是温暖,
像母亲的爱亲吻寒冷的黎乡,
冷血的蛇最爱在草地上晒太阳。
那是我们苦苦寻找的猎物啊,
凶猛的毒蛇能卖个好价钱,
穷困的年代里它贵如宝藏。
那时候啊,我们多么大胆,
抓起毒蛇的尾巴一个劲地甩,
另一只手趁它眩晕的刹那,
顺势往前滑去掐住它的脖颈。

难忘的事越想越多,比如
一群孩童和水牛一起滚泥巴,
那时候我们已经享受泥巴浴。
我们并排坐在田埂上,摆着
各种各样的姿势,晒着太阳,
晒得又白又硬,如塑像的身躯。
那时懂什么危险,玩得快乐是
孩童的天性;最危险的事我做过——
我们在沼泽地的泥潭里,钻进
钻出,像一只只淘气的地鼠。

到了夜里我们无所事事的时候,
就铺开草席躺在小院的谷场上,
仰望星空,在星辉里听大人讲故事。
我不知道大人从哪儿得来的知识,

故事一个接一个，讲个没完，
我们听得津津有味，着了迷。
我们恨透了《阿丢和阿藤》里的后母阿梵，
我们同情《甘工鸟》中可怜的阿甘；
《假外婆》教育我们要聪明，
《傻女婿》逗我们笑得没了睡意。

童年的时光，离不开芒草花，
它们摇曳在乡野，白茫茫一片，
那是我们放牛时的幽静的乐园。
钻入芒草丛，一待就是整个午后——
鲜嫩的芒花和秸秆，是甜爽的美食，
大自然赠送的礼物让我久久留恋。
我们在阴凉的草丛底下造玩具，
笔直的芒草花杆是现成的好材料，
编成手枪、冲锋枪、马匹和小鸟，
自造的玩具曾在手中尽情把玩。

我们有过最惬意的玩法，在那
滂沱大雨之中，几个孩童赤身裸体
在雨里玩耍，追逐，捕捉飞虫。
一个个开怀大笑，像没有烦恼的精灵，
不需要财富，不需要宝物，而那
简单的快乐已经消失得无影无踪。
一团黄泥在手中就能度过一天，
一汪雨水在脚下就能寻得欢乐；
我们一无所有，赤条条在那里，
却比现在的幸福来得自在轻松。

童年的快乐总是那样简单——
想想那时候，我曾经沉湎于垂钓
的乐趣，只要“得到”就会满足。
我的鱼钩是母亲的缝衣针改造，
我的鱼线是旧草帽的尼龙丝线，
我的鱼竿是村前细长的金丝竹。
我常常坐在小溪沟的石头上，
专心垂钓；我的鱼篓是空的，
没有鱼，常被螃蟹和田螺塞满——
我在笨拙的垂钓里学会了忍术。

仙姑们呀，你们看，单纯的心灵，
总有无尽的欢乐，怎能不让我怀念？
成年人的世界，我们习得幸福法，
总像一粒粒药物，充满反作用，
得到和失去像拉锯折磨着人心。
现在我明白，幸福有它的运算法则——
青年时，它以加法或乘法获得，
老年时，它靠减法或除法实现。
快要过完一生人们才会领悟到秘诀，
“一无所有的自在和轻松”才是真言。

第十五章 一棵祖宗的木棉树

袍烈对仙女说："仙姑们不知，
我们的家园得来不易，遥想当年，
我们的先祖为了寻找安家的地方，
来到了这里——四弓人的地界，
我们的先祖用一棵木棉树换来了土地。"
随后，袍烈把七仙女带到那棵
古老的木棉树下。他说："这就是
我们的祖宗亲手栽下的木棉树！
历经数百年，仍然屹立在这里，
它就是护佑我们家园的祖宗树！"

赤仙姑问："你们的先祖是如何
用一棵木棉树换来家园的土地的？
有过什么样的争斗，流过多少鲜血，
有没有不息的仇恨埋在后人心间？"
袍烈答道："我们本是六弓赛黎人，
该到分家的时候，我的先祖带着
一群儿女，来到了这里，看上了
这块福地，决心要建设自己的家园。
关于这段故事，我们且去回顾，
看看我的先祖如何得到这片土地。"

根据袍烈的讲述，往事如在眼前——
六弓先祖带着商讨的心意，前往
四弓先祖的家里，说出了他的愿望。

四弓先祖为了招待六弓先祖，
命人炖鸡烹羊，设宴招待这位客人。
两个遥远的不同族系的赛黎人，
六弓先祖和四弓先祖同桌对饮，
他们猜拳、对歌，好不欢庆；
欢谈之间，六弓先祖没有忘记
那件大事——‘就让我在这儿安家吧！’”

四弓先祖

若想在这里创建新的家园，
恐怕我的族人不会答应，
我们子子孙孙将会世代繁衍，
只怕那时的土地不够分摊。
可是我的兄弟啊，并不是
我要为难你，我不是歹人，
这样硬生生地把你驱离，
怕是要伤害两族人的感情！
那样的话，我的心里过意不去，
当一个无情的人我一生不安。

（他心想着该用什么好方法拒绝，既不让两个人丢失脸面，也不让土地落入外族人之手。）

六弓先祖

咱的哥呀！我愿意把
三头牛、二十头羊送给你，
若你愿意，我们还可以

结成亲家，在我女儿中，
随便你指一个，做你的儿媳。

四弓先祖

（他想到了一个好计谋。）

这样吧！我们打一个赌，
就让老天决定你的去留，
无论谁输谁赢，都要服从
天意——绝不反悔！
好弟弟，你愿意不愿意？

六弓先祖

咱的哥咧，全凭你的主意，
做弟弟的，怎么敢不遵从！
咱的哥咧，是什么样的赌法？
哥哥说来听一听！

四弓先祖

（四弓先祖拉着六弓先祖的手，走到屋外。他砍来一截小小的木棉树枝，去头去尾，只留光秃秃的枝干。）

好弟弟，咱们就赌
你能不能把这截木棉树种活——
记住：
树尾插土里，树头对天空，
不浇水，不施肥，

一个月后的今天来见证。

(他面露喜色,为自己的计策得意。)

咱的弟呀,到那时
若是木棉树发芽长叶,
你就在这里安家;
若是木棉树枯死,
说明你和这片土地无缘。

六弓先祖

(他接过木棉树枝,按要求,把树尾深深地插进泥土里。)

好了,咱的好哥哥,
树已经种下,接下来,
就看天意了。

各位读者,四弓先祖有多精明,
栽树埋树头才能够生长,
头尾颠倒岂能成活?
那真是成心的刁难。
六弓先祖回到家里告诉了族人,
族人们只能叹息。
有什么办法?他们不能去争抢,
不能为了土地伤了两族的和气。
他们只能每日祈祷,
祈求不可能的事发生奇迹。

四弓先祖这边，也在和族人商量，
要不要把土地让一些给六弓一族。
有年轻人叫到：“我们去拔了那树枝，
把它晒干，再悄悄插回去，
让六弓族输了赌局。”
一个长老说道：“这是缺德事啊！
咱们既然打了赌，发了誓，
就不能不守规矩。”
四弓先祖吩咐道：“大家都不许胡来，
袍那鲁，看守木棉树就交给你。”

袍那鲁带着两个青年，
在打赌的木棉树旁搭起了草寮，
日日夜夜，轮流看护着，
不许歹人破坏，不许动物啃咬，
还在树枝上绑上芒草结的标记。
六弓族人那边，一边祈祷，
一边担心：四弓族人会不会耍阴谋。
左等右等，上盼下盼，终于等来
第三十天的期限，六弓族人带着
一群儿女，迫不及待地跑来。
四弓先祖和一众族人早已
在木棉树旁等候。

四弓先祖

（喜盈盈地和六弓先祖握手）

咱的弟啊，我要恭喜你，
打赌的木棉树已经发芽长叶！

六弓先祖

（热泪盈眶，颤抖的双手紧紧握着。）

多谢了！多谢了！咱的好哥哥！
我想不到，奇迹会发生！
我更想不到，你们不但没有做手脚，
还专门差人在这里守护，
你们是咱六弓族人的大恩人呀！

（六弓先祖跪在地上，向四弓族人拜谢，儿女们也都行了跪拜的谢礼。第二日，六弓族人牵来了十头牛、二十只羊，做为感谢礼。可是四弓族人千不肯、万不肯，决意要退还。）

四弓族人

（拿过一副狩猎的弓弩和竹箭）

以后咱们都是这片土地的主人了，
说说，你中意哪一块，哪个方向，
射出这个弓箭，箭落的地方，
就是你们六弓赛黎人生活的地方。

（六弓先祖拉满了弓，朝西北方向，一箭射出十里。那是一片茅草茂盛、溪水长流的山地。)

七仙女听完,不无感慨。
赤仙姑说:“黎人先祖性情温良,
他们是和善、友爱、重情重义、
言而有信的民族,值得尊敬。”
眼前的木棉树耸立在山坡上,
它枝繁叶茂,葱葱笼笼,
粗大的树身是挺起的脊梁,
那是赛黎人刚毅的形象。

第十六章 袍烈倾诉故乡情思

神仙姐姐呀，我从小
生长在黎乡，在这神奇美丽的
七指峰下，以一个赛黎人的身份
在世上修行。
我爱这莽莽的森林，
爱这七座秀峰，
爱它云雾缥缈的早晨，
仿佛是你们在这儿现身——
难忘啊，七指峰的倩影！

多少次，我曾经驻足，
为这景色的奇异；
我曾经徘徊流连，
为它玲珑的娇媚。
那弥漫的，正是它的纱裙，
天边飘来一缕红霞，
便是最美的晚装。
当我听见鸟语，
穿过我的晨梦，
静穆的木棉花，绽放又凋零；
当我看见彩蝶翩翩起舞，
在幽静的溪涧；
旭日东升，光芒万丈，
山腰上云雾茫茫，
在旅人歇息过的青石边，

泉流低吟浅唱。
我陶醉了!
曾经许多次,独自来到这里,
躺卧在林荫底下。
我看见一轮满月,山的金环,
垂挂在它的耳旁,
透明的月光笼罩我,
泉吟在我心中细响。
我想歌唱,
同野虫的欢呼一样;
我想起舞,
同流萤的飞跃一样。

我爱七指峰下我的山城,
我爱保亭静谧的夜晚。
迷离的灯光闪闪烁烁,
倒映在荡漾的水中,
那颜色仿佛从红霞里调取;
从河畔的家乡树上,
那流光溢彩的梦幻中,
我加倍地热爱生活。
小河流淌在宁静的夜晚,
奏响的乐音在林间低回,
一只只飞燕快乐地穿梭,
你以秀美酬谢了无忧的来者。
我忍不住摘下一片树叶,
吹出内心的欢喜,那是一曲天籁,
最能赞美金色黎家的山水,

那绚烂得亮如黎锦的画卷——
瞧瞧我们的城市美如天宫!

我美丽的山城,曾经
是灰头土脸的穷酸模样,如今
蜕变了! 它脱下了旧布衫,
丢掉了贫穷落后的帽子!
是的,它脱下并永远地抛弃了,
谁也预想不到它今天的模样。
如今它变得真美啊——
整座山城是一座精致的大花园,
那绿的,要绿得一尘不染,
那红的,要红得满身妖娆;
它穿的是绣着图腾的织锦,
披的是飘着野花香的轻纱。
呵,我可爱的山城,
我的山城它脱下它的旧布衫了!
像一个洒脱的姑娘,
它因为成长而变得活泼,
它爱跳舞,常在繁星下,
扭动腰肢,仿佛要向世人
宣告它无与伦比的娇媚。
它在山脚下放歌,
哼着春天的曲子,
它欢喜,是的,它欢喜,
每天早晨它从床上蹦起,
仿佛一个身强力壮的武士!
成长起来了,我可爱的山城!

这小小的山城,热闹的市井,
街道两旁华丽多彩,
处处洋溢着都市气息;
绚丽的灯光笼罩我,
各类奇珍异品在闪金光,
商人的店铺大开,人来人往;
小摊铺生意兴隆,常有来客;
晚饭后悠然散步的情侣,
尽情享受美好的闲暇时光。
美丽的山城我最为钟爱——
我曾在河畔的凉荫底下,
把黎乡的风景赞颂!
我美丽的家乡,
我美丽而温柔的出生地!
我怀恋儿时垂钓的小溪,
那海岛上最朴实的风景,
那盘旋着浓浓乡情的茅草屋,
那聚会时熊熊燃烧的旺盛的篝火,
还有蓬勃的温热的土地!

我热爱我的山城,
热爱我纯朴的民族和
那善良的黎族兄弟,
我的山城是美丽的花园——
一排排棕榈沿道列队,
仿佛刚毅威严的士兵;
翠绿的椰子树四季常青,
尽显坚韧的生命的精神;

盛开得火红的木棉花，
烧遍南方春天的山岭，
在那幽幽的宁静的林间，
山泉奔泻，有清脆的铃声。
岸上百花拥护着河流，
河流映出百花的奇美，
石桥呼唤着山前的亭榭，
亭榭遥望着水上的石桥。
新的楼宇一栋高过一栋，
豪华的别墅藏在山林中；
美丽的保城村河依山而行，
它经过村庄缓缓地流淌。
神奇的七仙峰轻姿动人，
如同传说中仙女的容颜；
神秘的溶洞引你入梦境，
在那儿，原始的森林里，
怪异的石林显示着神奇。
温泉水冒着白色的雾气，
如同黎家姑娘一样热情——
温泉水哟，热情的温泉水，
笑迎来自四方的游客。
有山兰酒让你唇齿留香，
七月的广场上喜气飞扬，
还有那竹竿舞里的众仙，
穿起黎锦有迷人的风采。

我常常走在扶桑花点缀的
保城河畔，扶桑花红遍山城。

阳光在它身上跳舞，
它在万绿丛中欢歌；
夏日的风把花香轻轻地吹送，
它灿然的笑点亮了山城。
火焰树举着青春的火把，
一团团热情是燃烧不尽的火焰；
过去不曾集体亮相的鲜花，
今已在城市街头绽放色彩。
哦，火红的日子已经来临，
美丽的花朵是黎乡的新娘，
那花瓣上细密的露珠，
在正午已被一只蜂鸟吻干，
如同是我的化身所为。

我走在法国枇杷的树阴下，
法国枇杷高挑、娇妍，
宛如一位俊俏女子，
挽着美丽的发髻。
法国枇杷以其绰约的丽影，
亭亭玉立在山城的街道旁，
撑开一把把翠绿的遮阳伞，
点缀着城市的每一处地方。
柔和的南风摇曳着吹落
一颗颗藏于伞盖里的钻石——
我走在铺满钻石的街上，
好像一个没有侍从的君王。

我走在宁静的河畔，

走在青翠的草间，
看绿点染着心，看清波荡开去。
椰影下我的双足，
愉快地踏醒了午睡的梦者。
阳光里的小草，清风里的小草
——小草愉快地唱出了歌声。
一曲山歌，就能醉倒我！
我走过小城，
灿烂的小城，午后的小城
——碧绿的小城故事多呀！
我走过黄昏，
黄昏的广场是一首唐诗；
我走过月夜，
月夜的林园是一阙宋词；
我走过清晨，
清晨的山峦是一幅油画。

黎乡的生活多么富足快乐，
不信你们看——
一年一度的嬉水节，
全城百姓沉浸在
美好的欢乐里。
七月初七的那天，
七指峰下的山城里，
七仙广场上，人潮涌荡，
四方宾朋面露喜色，
身穿锦霞一般的彩装。
欢乐的海洋，

飞溅起圣洁的白沫。
姑娘们赧颜迷人，
吸引着康健的情郎。
男女老少，跳进
欢乐的海洋！
你泼我，我泼你，
圣水在人们之间传递，
传递那一腔的热情。
多美妙的戏水欢歌，
赠以山风的柔和，
赠以山泉的清爽。
黎族民歌回荡，
动人的曲调缠绵悠扬，
宛如传说中甘工鸟的歌吟。
它在把幸福念诵，
在我们心间唤起激动。
青山绿水环绕的黎乡啊，
此刻溢满吉祥之光，
我们沉浸在欢乐的海洋，
满怀喜悦，在爱里微笑。

你们问我，保城河畔那一座
蛙的雕像，有什么含义，
那是黎族的一个图腾！
蛙的图腾，从稻香里跳出来，
将整个村庄叫欢了，
蛙带着美丽的文身，
一跳就跳到黎锦上。

从此,成为丰收的象征,
成为守望幸福的精灵;
它有着大力神一样的精神——
健壮、勇敢、一身正义!
当它变成族人仰望的雕像,
它的高大护住了我们的卑微;
我们用爱将它拥抱,
同它坐在秀丽的河水旁。
我们的精神融入了它的精神,
我们的欢乐融入了它的欢乐;
可敬的蛙——端坐于赞美中央,
宁静、安详,神一样庄严。

这就是我故乡的山城——
生我养我的地方;
在祖国的南方,
有我们的歌声在飞扬;
溪谷里我的族人,
心如大山一样空旷。
在一片赞叹的边缘,
故乡,默默坚守
祖先流传下来的风情;
族人背靠船形屋,
以一种独特的姿态,
面向世界大舞台。
黎人恭敬的一切,
牛、羊、蛙、花、草,男人和女人,
都被阿妈织进黎锦,

穿在身上。如果你能读懂
黎锦的密码,你就能
读懂那一纵一横的彩线,
都在把黎家人的前世今生
娓娓道来。

第十七章 袍烈讲述民族风俗

赤仙姑说:“黎乡的美景习俗,
一时半会儿赏识不完,我们即将
重返天庭,为使这一趟愉快的旅行,
不留遗憾,袍烈啊,就请你
说一说,我们这几日未能看到的
一些景致、习俗,或是什么有趣的事,
让我们知道黎族如今是个怎样的民族,
黎族过年的风俗,与别处何异,
有什么信仰、什么仪式、什么景象,
我们对这民间的点点滴滴都很感兴趣!
这第七日,你的任务就是讲述,
我们会是用心听讲的好听众。”

须知,天上一日,地上一年,
七仙女上次前来,最近的一次,
是一百年前的七夕,路过此地,
重访七指峰这片黎乡山水,
对仙人来说,也只是百日时光。
游游逛逛,已到了第七日,
是仙女们游黎乡的最后一天。
七指峰森林中,袍烈的石屋前,
众仙女围坐在平坦的大青石上,
守山神侣袍拜和乌吉同坐其中,
都在静静聆听袍烈深情的叙说。

袍烈说道:“要说我的民族,

我得打起十二分的精神，以浓烈的
情感，向你们讲一讲我的家乡。
我们的先祖早在一万年前，
就出现在蛮荒的海南岛上，世代繁衍，
生生不息，直到20世纪80年代，
还过着刀耕火种的生活，居住在
泥巴墙和竹木架起的茅草屋里；
他们勤劳，开垦荒山，在旧年代，
靠种植玉米、地瓜、木薯和山兰稻，
就这样一年又一年，抵挡饥饿，
让朴素的生活充满了幸福的滋味；
他们的农田可以说是甜蜜生活的
一片乐园——那时候，我不仅目睹，
更是参与其中——
耕田时，山间平地里的水稻田，
已是人声鼎沸，水汪汪的田地里，
有的犁田，有的耙田，有的修田埂；
水牛在主人的一声声驱喝下卖力劳作，
如同老实的农民默默完成自己的活儿，
那垂挂在脖子上的木铃铛叮咚作响；
无忧的孩童光着屁股在泥巴里打滚，
一会儿互相追逐嬉戏、打闹、玩耍，
一会儿捕捉飞虫、螃蟹、小鱼和泥鳅，
田螺装满竹编的腰篓，欢声笑语满山传；
插秧时，全村妇女孩童涌向田间，
那一亩亩水田浮动五颜六色的人影，
他们一边劳动，一边说说笑笑，
拿着秧，弓着腰，并排着，步调一致，
一行行整齐的秧苗转眼间就插满稻田，

不几日便是绿油油的一片好景色。
收割时,满山稻田一片金黄,
秋风飒飒,稻浪起伏,一波又一波,
稻谷的香气飘进每一个人的呼吸;
年代更替,黎人的收割工具不停变换,
先是打谷箱,如同方形的木舟,
人们把它拖进田里,一捆捆稻穗
被高举空中,猛击谷箱,稻子散落,
山间尽是打谷的‘砰砰’的声音;
后来是踩收机,一个专为采收稻谷
而研制的铁质打谷工具,小巧精致,
铁做的齿轮在劳动者的脚不停地
踩踏下,飞速旋转,一捆捆稻谷
顷刻间只剩下空空的稻草;
如今是收割拖拉机,新时代的产物,
人类科技促成的提高劳动效率的机器,
它在田间转几圈,稻谷已收割完成,
干净的谷粒已一袋一袋自行装好。
妇女割,汉子打,孩童们则是
欢欢喜喜地在边上捕捉小蝗虫,
草绳子串得一串串,回家烤着炒着,
是孩童的零食,也是大人的下酒菜。
新稻啊!那采收的第一锅白米饭,
香气满庭,要回敬大地,回敬祖宗,
捏好饭团,备好酒肉,祭供灶神和家祖;
第一餐新的干米饭哟,
白花花,热腾腾,香喷喷,
不掺地瓜玉米,也不冲多余的水,
奶奶和外婆的锅里更有底气,

全家人干一顿饱哟,猪油拌饭最是香!”

橙仙姑问:“度春节可有说道之处?”
袍烈说:“家乡的风俗必须遵守,
大年三十,贴对联,祈求新年如愿以偿,
贴红纸,在米缸、水缸、家中物件
以及屋边的椰子树、槟榔树、菠萝蜜树上,
感恩它们赐福保佑,往后更加富足。
团圆饭后,餐桌上留些酒菜,
摆上酒碗和筷子,供上新出锅的粽子,
春节几日,夜夜明灯,恭迎祖宗归来,
同享我们的餐饮,保佑我们的生活。
大年初一这一日,不许杀生,
不许花钱,不许走家串户,不许怒骂,
逢人要说吉利语,遇事要从宽处寻。
到了春节的最后一日,夜里四五更,
喊起秽神衰鬼,送牠们到村口,
在土地公的神庙前,送牠们远离;
一把篾竹容牠们藏身附体,
连同垃圾污秽,请牠们带走霉运;
鞭炮声声,驱赶牠们远离。
这期间,拜年往来,送红包,
喝酒谈心,游玩娱乐,自是相同,
然而包粽子却是千古不变的习俗!
就我而言,惬意的事莫过于
与亲朋好友的相聚,在宁静的
乡下小园中,在老枇杷树的绿荫里,
在椰子树和槟榔树婆娑的树影里,
我们举杯,讨论过去和未来,

说一说我们的亲情、爱情、友情，
在温暖的日光或温馨的月光之中。
仙姑们啊，同你们一样
无忧无虑地，这世上何曾见到一人！
像我这样一个追求功名利禄的凡人，
现在，我愿放弃对财富的苦求，
以保持内心的宁静，精神的欢愉，
使我的生命随时绽放纯净的笑容，
使我的心灵随时弥漫喜悦的芳香。”

青仙姑问：“你们的信仰是什么？”
袍烈说：“我们敬畏自然，
对山神、土地的恭敬是天生的信仰！
我们怜爱生灵，对我们的耕牛，
不轻易屠杀——如有需要，
必须敬告天地神灵，
完成一个安魂的仪式；
我们的祖先是子孙祭拜的神灵，
在祷告时，必念起他们的名字，
就仿佛他们不曾远离，只是栖身在
我们看不见的地方，暗中保佑，
使我们一切顺利，得到平安和健康——
如今，黎族祖先‘帕隆扣’的神像，
就端坐在五指山高峰下一座庙堂里，
他的后裔每年三月初三都在那里
举行隆重的祭拜大典，香火不绝；
我们的宗教以上天诸神为尊，
在道法的解救里，摆脱苦难的折磨，
再邪恶的禁母和巫师，也不敢

挑衅道公的威严，如毒蛇遇见苍鹰。”

赤仙姑说：“这些天来，我们看到，
黎族村落无不繁华景象，不再是
低矮的草房，不再是泥泞的山路，
不再是灰头土脸的穷酸模样——
所见民房，皆为新楼华屋，
大小道路平坦宽阔，坚如磐石，
千途万道纵横交错，连接各家各户；
更称奇的是，那飞架空谷的天桥，
从云雾中穿过，犹如巨龙下凡；
那一个个直通山体的行车隧道，
尤其是那条全长4.9千米的
号称‘海南第一隧’的五指山隧道，
真令人惊讶，想不到现代人类的
科学技术，已达到如此高的水平，
古时候一万个愚公也难成的伟业；
你们的城市，没有一日不在发展，
一年比一年美丽、豪华、干净，
一年比一年文明、富足、快乐，
一百年前不过是一个小小城镇，
今时却大变样，天宫仙境一般！
人类的发展真是快速得惊人，
只在两三百年间，世界就全改变，
科学技术的突飞猛进，使天下大同，
把文明的旗帜插遍地球的每一处，
地球啊——真成了一个村庄！”

袍烈说：“太深奥的问题我不知晓，

对人类文明和生存的奥秘徒有关心,
只知道,昔日落后的僻野荒村如今
能有这番景象,全是
中国共产党的功劳——
那是一个真正把农民当成主人的政党,
推翻了腐败的旧政府,
以无数共产党人的血肉和精神,
粉碎了日本侵略者的进攻,成立了
一个伟大的、和平的、幸福的新中国!
我们的黎乡啊,正是从那时候起,
得到解放,脱离反动派和恶霸的压迫,
得到土地,迎接生存的自由和快乐。
如今抬眼四望,中国的领土上,
到处是国泰民安的景象,到处是
文明和繁华——中华民族的脊梁,
挺起来了!我们的国家再次崛起,
奋勇向前。
黎族人民在这伟大的盛世中,
凭借自己的勤劳和智慧,在脱贫攻坚战的
伟业里,广种槟榔、芒果、红毛丹、
荔枝、莲雾、菠萝蜜、椰子、青瓜,
勤养鲜鱼、山羊、黄牛和鸡鸭鹅,
获取财富,冲破贫穷落后的困境,
盖新楼,买新车,生活富足安宁。"

第十八章　袍烈对环境的忧愤

袍烈怀着对家乡的热爱，倾诉着：
可是仙姑们，对于我
足下的土地，我虽然深爱着，
也因为这深切的爱使我痛恨，
我担心，过度文明带来的破坏，
将使黎乡的环境变得糟糕。
我曾看到一些现象，种种见闻
不得不让我生发顾虑。

我曾看见，黑色的河流——
从城市的排污口流出，
这黑色的黏稠的液体
光芒闪烁，是痛苦的光源；
像一摊含有剧毒的脓水！
孩子喝着脓水长大！
在这河中，黑色的河中，
不能说是一片死寂——
无数欲望在肆意作为，
无数朵彩花开满河面。
哦，数不尽的七彩的垃圾！
一只雪白雪白的鹭鸟，
一头扎入水中。液体打开又合拢。
一抹白，迅速消失。黑色的泡沫。
谁的纸船静止在河面。

我曾看见，裸露的河床——
轰隆轰隆，一头猛兽吼叫不停，
挖掘机一脸霸气，啃咬小河的骨头。
抽沙机的吸嘴深入河底，吸食小河的血肉。
岸边沙堆高耸。河床裸露，累累伤痕。
一副白森森的骨架。日光暴晒。
河水像一行泪痕就要干了。
你听到的不是水声，是河流的哭泣。
它无法摆脱任人宰割的命运。
夜色下露出这惨白无辜的脸。
我失去清爽的夏季和我的欢乐。
我却听见河流默念咒语……
谁给它痛苦，它要百倍偿还。

我曾看见，被削去半边的山体——
那里躺着，被削去半边的山体。
一块绿翡翠，截口苍白。
它怒目圆睁注视你。
海上的山头，绿浪起伏。
隔着宽阔的海，陆地向这里凝望。
那边伸来巨大的铁手臂。
他们挖，城市狞笑不止。
山在喊痛。他们仍是不停地挖着！
他们挖向眼前的宝藏。
被削去半边的山体，
等待着暴雨——
它在酝酿一个复仇的计划。

我曾看见,故乡的母亲河——
从种种的迹象来看,我感到忧虑:
以文明之名逼近我们的是灾难,
我们将死于自己建造的游乐场,
我们将在城市的欲望里饮尽悲伤。
当我回到故乡,走近我们的母亲河,
我看到我们的母亲河已遍体鳞伤。
我看到她脸上的哀戚,
听到她喉间的叹息,
我看着她病恹恹地拖着
长疮的躯体爬进黄昏。
故乡的背影一寸寸沉入历史,
那一去不复返的呼喊敲叩着我的良知
一阵又一阵。

我要恶狠狠地诅咒啊——
愿所有罪恶的工厂尽毁,
愿所有贪欲都被彻底浇灭,
愿排出毒液谋害母亲河的人们,
都要承受同样病痛的折磨,
愿抛来无止尽的垃圾的人们自食其果,
愿唯利是图的时代尽早结束
愿故乡的母亲河永远是我们的母亲河。
她曾是一位爱微笑的健康的姑娘,
我们常常忘情地在慈爱的母怀度过午后,
她有纯净的乳汁,供我们吮吸,
她有细滑的体肤,搂我们在胸前嬉闹,
那里流淌着我们凉爽的睡意,

那里激荡着甜蜜的幸福，
那里男人和女人分别沐浴在月下，
这一切似乎远在梦中，
这一切我们的子孙一无所知。
现在，我站在肮脏的母亲河边，
像一个无助的孩子凝望着
气息微弱的母亲河在艰难蠕动，
我担心她的心跳突然在途中停止；
两岸草木稀疏，像颓掉了的头发，
只剩下枯黄的几根，危险地附在边上；
她歌声呜咽，容光黯淡——
故乡的母亲河哟，无辜的母亲河，
你原本悠悠地歌唱着静美的大地，
现在却像猫头鹰一般哀哭明天。

我曾看见，破坏——
往日的树林被滥伐，
机器轰鸣，烟尘飞扬，
曾经结满珍果的山坡，
早被当作居民区建起了楼房。
没有木薯地，没有种植园，
没有草寮，也没有山兰稻。
真正关心自然的人苦思冥想，
如何才能更好建设家园；
的确，我们生活富足、安宁，
在漂亮的石笼里消磨时光。
好吧，欢迎乘坐这辆文明快车，
带领我们快速地奔向未来！

工业时代的车轮滚滚向前，
一路高歌，一路收获。
水田被掩埋，耕牛遭屠宰，
田间地头铁兽们疯狂叫喊。
乡村公路是一张绷紧的网，
水泥地面像铁衣堵住地球的气孔。
那么多人造物，是一件件凶器，
人类不能预见，这正是未来的死因。

我曾看见，文明的幽灵——
垃圾被焚烧，黑色烟雾盘旋着上升，
文明的幽灵舞动，轻笑着
回望人类。
我曾看见，垃圾填埋场——
那是城市边上，不断肿胀的
脓包，就要爆裂了。
我曾看见，装过食物的塑料袋——
正大光明地潜入江河湖海，成为
诡异的职业杀手，残害
大海中的生灵。

如今啊，如今——
我看见了繁华，看见了希望，
在新时代的天空上闪耀；
看见了青山绿水，看见了幸福，
在新农村的瞳孔里发光；
我看见繁忙的田野瓜果丰收，
乡村公路输送着财富和甜蜜；

农家别墅在山的怀抱中静坐，
黎乡回荡游人的欢声笑语……
欢喜呀，崭新的时代，
祖国又崛起，民族在复兴，
21 世纪的今天，
我目睹山乡巨变，岁月静好，
一切都在有序的运行中，
一切都在欢乐的祝福中。

第十九章 仙女的总结座谈会

七日的旅行转眼已经结束，
袍烈的任务也已经完成。
这一日，七仙女身着七色彩衣降临，
在七指峰森林中，袍烈的石屋前，
郁郁葱葱的大榕树下，
她们煮茶欢谈。七日的游历，
仙女们见到崭新的黎乡，
和从前截然不同，
每个人的心中早已
涌荡着欣慰的情意。

紫仙姑滔滔不绝，说出了
自己的感想："我们看见
宽阔平坦的水泥道路
修进了村庄，那是你们的
政党连接人民的脐带啊！
蜿蜒，纵横，充满温情，
山高路远也要到达。
她要输送爱，
让你们的祖国母亲的血液流淌，
穿过穷乡僻壤。"

蓝仙姑说："我们看见
别墅新楼在青山绿水间
挺立，闪闪发光；

我们看见农家庭院里
停着华美的小车，
随时在高速公路上飞奔；
我们看见勤劳的农民，
无不是笑容可掬的脸庞，
写着欢欣和惬意。”

橙仙姑说：“我们看见
槟榔树、杧果树、菠萝蜜树，
结着金子般的果子；
我们看见瓜菜披红戴绿，
被运往繁华的城市，
把愿望带回。
我们看见
合作社里的五脚猪、
什玲鸡、六弓鹅、毛感鸭
都在生产财富。”

青仙姑说：“我们看见
妇女穿着彩虹一样美的黎锦，
在灯光球场上跳舞；
我们看见男人们谈论事业，
在溶溶月色里谋划幸福，
期待明年的丰收；
我们看见孩子们睡梦中的微笑，
带着甜美的满足，
依偎在母亲身旁。”

绿仙姑说："我们看见
收获和欢喜，
人民的眼睛干净透亮，
映照百年岁月！
新农村灿烂辉煌，
是巨人创造的光芒。
锤子镰刀旗在前方舞动，
那是一个新时代
一百年来擎起的手臂——
那叫作中国共产党的巨人，
带你们站起来、富起来、强起来！"

黄仙姑不由得赞叹道：
"我怎能无动于衷？
我要赞美这神奇的国度，
赞美中华人民共和国的缔造者！
我要以木棉饱满的热情歌颂他，
赞美黎族儿女，满怀激情
加入轰轰烈烈的时代洪流！
我要赞美你们的党啊！
是这个党给你们新生，
是她唤醒你们不屈的民族，
是她以精神，以傲骨，以梦想，
使苦难中的弱者
成为鹰，成为虎，成为真龙！"

赤仙姑站起来说道：
"是的，我们看到奇迹，

这些奇迹映在人民的眼中。
我们看见中华民族的崛起——
有新的伟大的航程，
有创造了无数神话的船长！
我们看见你们的历史，你们的未来，
我们看见黎乡脚下的土地
不仅生长粮食，
还生长幸福——人民的幸福，
看见他们恬静的心，
装着一个民族全部的荣誉！”

听了仙女们的赞颂，
袍烈那满足的心灵，
晃动着喜悦的清泉。
袍烈激动的嘴唇，
一时忘记了语言，
不知该说些什么话。
他起身，向仙女们鞠躬道：
“能得到你们的欢心，
是我的骄傲，
我们将保护好自己的家园，
让山更青，水更绿，
黎乡更美丽。”

进入第二个话题。赤仙姑这时
笑着说：“此番下凡，
奉玉皇大帝旨意，前来助你
解除愿劫！作为仁善之人的奖赏，

你的前程必将灿烂辉煌，
你的付出必将获得回报。”
说着，赤仙姑念起口诀，
将仙兰草蘸了蘸圣水，
向袍烈身上挥洒——
第一遍，落下金闪闪的水滴；
第二遍，落下绿莹莹的水滴。

赤仙姑道：“愿你保持纯净之心，
功名利禄须从善道得来，
展你襟怀，回报乡里，德馨一方，
谨记：人世是一个修道场，
所遇都是修行和考验。”
袍烈拜谢道：“我应当担负起
新时代青年的责任和使命，
才华和财富只当作修行的工具，
把博爱和奉献作为终生准则。”

橙仙姑说：“一百年前，
我们也曾在这黎乡间游历，
那时仍是刀耕火种的原始面目，
如今啊，已完全改变了模样，
处处是高楼，农村如同城市，
夜夜灯火通明，日日欢庆；
水泥公路四通八达，汽车飞驰，
飞机、高速列车往来如闪电，
繁华的城市年年在扩展，
为满足人类的私欲，曾经

他们开山毁林，山川屡遭破坏，
这是人类生存的危机——
保护大自然便是保护人类，
莫要利欲熏心，目光短浅，
一心只把物质利益追寻。”

袍烈说：“保护森林的意志，
已刻在我的心中，
不伐木，不毁林，热爱自然，
保护我的家乡永远葱翠，
青山永在，绿水长流，
这才是子孙后代的福祉。”

蓝仙姑说：“遵守黎乡风俗，
传承黎族传统技艺，
那是多么珍贵的财产，
不能在新的时代里丢失！”
袍烈应承道：“我时刻铭记，
作为一个古老民族的后裔，
应当严格遵守家乡风俗，
并让黎族文化世代沿袭。”

赤仙姑说：“作为善良的回报，
你的厄劫将从此消除，
旅行也只是简单的条件，
从前的善举才是内因——
你将得到世间的智慧和财富，
那是另一种更大的考验。”

袍烈却说出另一番话：
“神仙姐姐们，如今我
领悟到——能在美丽的黎乡
成长和生活，已心满意足，
何苦对老天爷抱怨命运？
如果能够重新得到安宁，
心灵不被‘毒蛇’干扰，
我多么愿意，居住在乡下，
呼吸林野那自由的风和花香。
只要我的爱人，保持着笑容，
像阳光下一朵可爱的牡丹；
只要我的孩子，保持着欢乐，
像绿林里一只可爱的喜鹊；
只要我的父母，保持着健康，
像农村的椰子树四季葱翠；
只要我的手足，保持着幸福，
像果园中的果树结着各自的果实。
什么才华、金钱，若以牺牲幸福
为代价，统统不如一株花、一棵草、
一只鸟、一只蝴蝶，更值得珍爱。”

七仙女微笑着，满意地倾听
袍烈的心里话。眨眼间，仙女们
已消失在金闪闪的一道光里，
眼前依旧是宁静、绿色的森林。
袍烈不再惊讶，像得道者一般，
轻轻跪下，对着七指峰膜拜。

碧蓝如洗的云天里回响着
仙女空灵的语音："一切美好，
也只如一季的花开花落，唯有
爱和善才是长存世间的财富。"

尾声

感谢你，我的读者，耐心地读完
这部长诗——关于黎乡的叙事与抒情。
我用彩笔记下这亦梦亦真的游记，
已经满足——心灵却想着仙姑的行踪。
她们过村过岭，领略了黎乡风情，
有时给了我们教诲和难得的点评。
我不禁想起那些蒙尘的往事和传说，
先祖和前辈嘱咐我要遵守习俗章程；
我把它们记下，在有趣的故事里，
黎人的子孙会看到这些诗句和情景。

七仙女啊，在人间走一趟，是为了
给我们布道，点醒我们的心灵。
在你看不见的事象的后面，总会
有一些指向，需要智慧去触碰。
忘了她们是神仙，那些可爱的姐妹，
她们行走黎乡的任务已经完成。
她们扮演了黎族五姐妹，以及苗族
汉族，那团结的七姐妹多么欢庆。
新时代的黎乡展现出她新的面庞，
通过诗篇我们看到幸福的黎民百姓。

我，作为一个山村里走出的诗人，
已经用热情和爱表达了我的真诚。
我曾经写过："这世上，再没有
一个地方，能比故乡更美丽；
再没有一个地方，比故乡更能

让我安息。”这是我对故乡的深情。
一个人的归宿永远是故乡，即使
在远方生活，心灵也会常归故里。
谁不把故乡赞颂？他们一旦说起
故乡和童年，都希望有人去倾听。

如今我登上七指峰高峰，展望
可爱的黎乡，我的心就充满温情。
在绿意葱茏的风景里，我看到
还有更多可贵的物象在涌动。
绿色的风在轻轻吹拂，似乎在说：
“懒惰的诗人，要长久拥抱你的山城，
那里还有那么多值得赞美的风景，
民间的可贵的事物需要你传承。”
我知道一个民族已经崛起，正像
挺拔的红毛丹树摇晃红色的风铃。

在袍烈身上，我懂得了修行和
善道的奥秘，得到天助必有因情。
冥冥之中一切都有了合理的安排，
偶然和必然使命运自己摆脱困境。
多么值得纪念，这和平的年代，
我们的祖国一片锦绣，辉耀万众。
昔日蛮荒的土地今天是人间天堂，
是伟大的中国一手托起黎乡的风景。
朋友们，请收下这来自黎乡的礼物，
它满含着对自然、对乡村的礼敬。

2022 年 4 月 6 日

穿越时空的对话

CHUANYUESHIKONG DE DUIHUA

序曲

从小，爷爷就给我们讲述
黎族抗战的故事，王昭夷的名字
很响亮，印在我的记忆里。
这“神奇”的人物像个好演员，
一人饰多角，不知是好人坏人；
一会儿，他是勇敢的黎族头领，
一会儿，他是打击反动派的英雄，
一会儿，他是残害战友的叛徒，
一会儿，又是没骨头的走狗，
在他演回好人时却以死亡收场。

我该怎么叙说那一段历史，
在那苦难的年代，黎族人民
受过国民党反动派的压迫，
受过日本侵略者的屠杀，
也受过叛变的王昭夷的欺凌。
为什么要念起他的名字？
为他作传？
还是给他一次历史的审判？
为什么我心中竟生出怜悯
写下一个关于荣誉的诗篇？

第一章

故事发生在抗日战争年代,
日本侵略者的恶行随处可见,
“三光”政策把人间变成地狱。
善良的黎族青年和壮汉,
曾经受到诱骗,惨死在机枪下,
头颅被做成水瓢和足球。
粉枪、大刀、长矛,发出怒吼,
在无产阶级农民的手里晃动——
挣扎和反抗才是唯一的出路,
顺从的命运只能是任人宰割。

国民党抗日游击队队长王昭夷,
遵从上司授意,接受日军的邀请,
到县城出任伪治安维持会长。
狡猾的敌人派来了汉奸做秘书,
监视他的一举一动,随时报告
他的行踪和言语。王昭夷的内心
时常发出不安和焦虑的叹息,
就像一只圈养的猫得不到宠爱。
那时,各弓峒主接连在阴谋里死去,
日军制造的一桩桩惨案更使他
看清了强盗的嘴脸,他满怀愤慨,
重新昂起一个黎族头领的头颅。

我们黎族的女革命家王昭英

——王昭夷同宗同族的堂妹，
此时得到中共上级的指令：
“一定要把王昭夷争取过来，重新回到
革命的阵营！他曾是红军的一员，
他是黎族地区重要的武装力量头领，
因一时糊涂才走上反革命的歧途。
现在，只要他为民族团结抗日，
把枪口秘密转向外来侵略者，
他的一切错误我们都既往不咎。”

在城郊丛林秘密的草寮里，
王昭英和哥哥进行了长久的夜谈。
黑夜里，虫鸣在幽幽叙说
迎接黎明的话语，月亮的光辉
朦朦胧胧，照着保亭山乡。
王昭夷的思想终于照进了曙光，
像一只迷途的狮子突然醒悟，
决心保卫家园。共产党人王昭英
记下这头醒狮的话：“我就潜伏在
敌人的军营，做一些秘密工作，
等待时机成熟就打响起义的枪声。”

他命令藏在山里的部下王昭信
以及各部首领，不许阻挠共产党，
任由他们在黎乡开展抗日斗争。
远近的黎苗同胞对日寇早已仇恨，
一个个响应号召，跟随正义，
在头人的带领下参加了民兵。

策反的卧底王昭夷偷偷运回了
日军的盐和布,解决了急需物资;
日军命令他筹粮筹款、征用民兵,
他慢吞吞,只做了口头上的应承。

有一天,汉奸秘书告密道:
“治安维持会长王昭夷起了反心,
他家里窝藏共产党伤员和红旗,
地下党领导秘密和他会见长谈,
他计划着在某一天举枪起义。”
于是我们的内线——头人王昭夷
就这样进入了日本鬼子的监牢,
难免一顿严刑拷打和痛苦的折磨。
这时候,威逼利诱不能使他屈服,
因为——他的身体已经真正
流淌着民族的血液,他的灵魂
刚刚得到正义的洗礼和加持。
他睁开迷糊的眼睛,动了动
那破裂了的嘴唇,轻微地说道:
“去你的……狼子……野心……
我不再是……叛徒……
我……是……中国的种……
黎族的……魂……
为民族……而死……
我……高……兴……
希望……能弥补……过去的错误……
我成了鬼……也要……
跟共产党……

斗你们!”

那细微的声音
如同空中的响雷,
使敌人蒙羞。
日本军官气得眼冒火星,
野猪一样凶,
暴跳着,吼叫着,
命令他的鬼子兵:
“电死他,
这不听话的蠢驴!”
鬼子兵满脸狰狞地笑,
启动了电刑,
王昭夷发出
一声长啸,
死去。

第二章

一天夜里，王昭夷在梦中
把堂妹王昭英唤醒。
他有满肚子的委屈要诉说，
有满腔的激愤要宣泄。
何处去诉说，何处去宣泄？
他的好妹妹给他做证，
临到死前，他没有一句
求饶的话；他是进步的，
他是抗日的，他的心到最后
是鲜红的党旗的颜色。
且听他们梦里的对话。

王昭夷：
我回头了！我为支持抗日而死。
请你，请你向首长汇报，
我抗日有功，
应该得到好名声。
封我个什么“抗日英雄”，
或是什么“革命烈士”，
我才会安息！

王昭英：
共产党人不像你这样，
贪恋功名。
虽然你把生命奉献，

却把精神藏起。
你不配得到什么英雄的称号。

王昭夷：
难道共产党说过的话，
只是欺骗？
你们说得真漂亮——
“只要他团结抗日，
过去的错误一笔勾销。”
如今怎么说，
不承认我的贡献？

王昭英：
承认！绝对承认事实！
没有人说不承认！
只是我代表我自己。
我们私底下
理一理，
你该不该得到
英雄的称号。

王昭英回忆起他那曾是
黎族头领的哥哥的事迹，
不无骄傲地说：
“我的昭夷哥，你曾经
是我的好榜样啊！——
你父亲是声名显赫的头人，
建立学校教化黎人；

你曾是广州燕塘军校的进步青年，
有过热血沸腾的演讲。
记得1927年5月，
是个值得纪念的日子，
你带领七弓峒的族人
参加了“陵水县农民自卫军”，
主动担起指挥官的责任。
那时候，你和各工农军团一起
“号召农民团结，
实行土地革命；
你们代表了正义的审判，
打倒罪大恶极的土豪劣绅，
清算他们的滔天罪行，
没收他们的土地和财产；”
保亭黎族同胞从此挺起脊梁，
不再忍受地主恶霸的欺压。
是你，是你组织农军兄弟
和黎族群众1000余人，
打响了保卫村寨的第一枪！
土枪土炮赶走了国民党反动派，
迎来了短暂的宁静生活——
你光荣地成为了“琼崖讨逆革命军
第八路军的总指挥”！
党和人民为你鼓掌，
这是多么大的信任，
这是多么重的使命！
是你，是你的勇敢和担当，
拔刀指向国民党劲敌，

紧紧地追随红军步伐，
攻打陵水县城国民党，
成立陵水县苏维埃政府。
你的贡献是巨大的，
你的名称是响亮的——
那时候啊，你早就是
人民心中的英雄！”

王昭夷：
苏维埃政府主席的职务，
哪一点我不够资格？
副主席的职务显得我多么渺小，
与我的贡献也不相匹配。

王昭英：
革命者的格局岂能狭小，
眼光怎能被权利遮挡
一切为了工作需要。
论功行赏和国民党有什么两样？

王昭夷：
国民党我不知道，
只知道付出要有回报。
漠视功劳我心不甘，
这样的安排我心不满。

那时候，愤愤不平的王昭夷
对组织说："我身体有恙，
要回到家乡休养。"
这个一身傲气的年轻头人，
带着不满的情绪
回到七弓峒。几十个兵士
跟随自己的头领，离开了
革命的队伍。

真遗憾！
弱小的革命力量
变得更弱小，怎么能抵挡
敌人的进攻？
民歌在唱：
"苍蝇爱爬有裂缝的鸡蛋，
蛆虫生在变臭的烂肉泥。"

国民党特务有多阴险，
他把打探得到的消息，
传给了南路"剿共"总指挥
崖县反动县长王鸣亚：
"七弓峒头领王昭夷离开了
陵水县城，正在老家闲着；

他嫌自己的职务低，
他恨不能有钱、有枪，
做梦都想壮大自己的队伍。”
王鸣亚带着黄金和银圆
来到王昭夷的村寨里，
他们私下有不可告人的交易。

王鸣亚：
尊敬的王头领，
我敬你是英才，
何必委身在小小的山沟，
这里有金条十根，
银圆一万，
跟了我，
效忠党国，
这些全部归你。
你看看，国民党多么强大，
‘共匪’那些穷人的顽抗，
只不过是鸡蛋碰石头，
很快就灭亡，
陵水县城不久
就会回到我们的手里。

王昭夷：
只是
我能有什么权力，

做鸡要做鸡头，
做狼要做狼首，
否则
我不干！

王鸣亚：
（从兜里掏出一张纸）
“兄弟的心我怎么不懂，
看，这是什么，
任命书！

王昭夷：
（拿到面前细看）
“愿为国军效劳，
听从王县长的安排！

王鸣亚：
陵水‘剿共’最高指挥官
王总指挥，
要拿出您的诚意。
我增派 30 人驳壳枪排
配合你，
照我的意思，
你这样办……

阴谋家王鸣亚

附耳说了悄悄话，
黎族头领王昭夷成了
国民党的帮凶，
秘密戴上“剿共”总指挥的大帽，
做梦也笑出了声。

弱小的藤桥红军连，
吃了败仗，
此时退守在
七弓峒保亭营溪南岸。
连长张开泰指派道：
“去和苏维埃政府副主席
七弓峒头领王昭夷
联系，说：‘藤桥红军连要在
他的防区保亭营休整，
请他支援粮食和物资。’”
士兵回来报告：
“王头领卧病在床，
叫叔父王勋主事。”

村前的谷场上
架起了
几口大锅——
五脚猪大肉块在锅里滚，
黑山羊热汤飘着香气，
会飞的土鸡炖得流油，

大白干饭装满一竹筐。
兄弟相见甚是欢喜，
革命战友的情意温暖人心！
可是，反革命分子多可怕，
一面笑嘻嘻，好吃好喝招待，
一面磨刀擦枪，要大开杀戒。
又饿又累的红军战士狼吞虎咽，
美美地享用了这顿“断头饭”。

谁会料到他的诡计，
表面上他是那样热情。
连长依旧传达了指示：
“昭夷同志，上级要求我们
互相配合，做好部署，
全力反攻藤桥。”

王昭夷假意惺惺：
“这事情我会办妥！
马上准备弹药，反攻藤桥。”
红军连的战士们信心十足，
说说笑笑地走回营地，
期待着新的战斗。

在村外的保城河畔，
突然，
枪声响起——

丛林里的伏兵抬枪齐射，
毫无防备的红军战士
倒了一片，
鲜血染红了黎乡的黑土地，
染红了七指峰下的小河溪。
连长张开泰突出重围，
成为见证那场屠杀的
一个幸存者。

啊，革命的一粒火种
就这样被叛徒踩灭，
陵城危在旦夕。
国民党军乘虚而入，
展开了一场恶仗。
陵水县城又一次落入
国民党的手里。

王昭英：
不敢相信啊，
昭夷哥，你怎么
这样歹毒，
对自己的战友和兄弟，
你怎能下得去手。
怪我吧，怪我！
为什么不能及时发现
你的叛变，
为什么我不能
把你的恶念
掐断在萌芽的早期，
我早该知道，
你身体里还住着一个
恶的魔鬼！

王昭夷：
你为什么要揭开那
疼痛的旧伤疤？
为了这件事，
我暗里骂了自己多少回，
屠杀同志

并非我本意，
是那小人的毒计
把我推向深渊，
好让我站在
他们一边。

王昭英：
不要为自己辩护了，
大错已经铸成，
历史会清晰地记下
那残忍的一页！

王昭夷：
你们说过不计较的呀……
现在要清算？

王昭英：
出于团结，
共产党饶恕了你，
可是人民，
他们答不答应，
你犯下的那些罪行，
谁会忘记？

王昭夷：
（静默）

我们翻开历史的书页，
看那变了节的王昭夷的故事。
当上了总指挥的王昭夷，
如愿以偿，进驻在
国民党占领的陵水县城。
他成为反动派的大红人，
他们捧着他，给他荣誉，
给他荣华富贵。
他心里是多么满足，
扬扬得意，心想：
“你共产党不重用我，
我在这边混出了名堂。”
哎！被心魔控制的灵魂多丑陋，
像一只忠诚的家犬
发了狗疯，
把毒牙咬向自己的主人。
国民党在他心上抹蜜，
给了他更大的权力。
他们宣布新的任命：
“党国功臣王昭夷，
从今天起，任命你为
琼南‘剿共’副总指挥，
兼任陵水‘剿共’总指挥。”

他时常骑着高头大马，
回到乡下的家中，

好在乡亲们面前显摆
他的威风。
他出行,随从浩浩荡荡,
像旧时王爷的巡游。
他见到黎族青年就说:
“跟我去混,
包你有前程。”

他霸占土地和房屋,
给自己添加财产。
被欺凌的一位商人怒斥道:
“我的几十亩良田,
是多年的血汗变成,
你一句话就强取豪夺了去,
占为己有。
罢了!
田地房产你拿去,
请你大发慈悲,
我只要
你给个合理的价钱。”

王昭夷不屑一顾,
冷哼一声:
“你是地主,富甲一方,
本指挥要革你的命;
你是红军的地下党,

我要把你治罪。”

民怨四起——
村民们把愤怒
压在心底。
那一天,他们请来了
红军的队伍,
召集远近愤怒的乡亲,
组成了
200 人的讨伐军,
杀入王昭夷的老巢。
可惜呀,那命大的叛徒
逃出了村寨,
让除奸的计划落空。

且看他——咬牙切齿,
气冲冲要报复。
他召集 300 人马,
兵分两路,闯入 12 座村庄,
开始了疯狂的扫荡。
凶狠的“狼群”
所到之处,屋毁人亡,
干尽了
杀人越货的勾当!
不肯屈服的乡民,
仇恨的烈火,

燃烧得更加猛烈。

他剿杀共产党员，
残害革命群众，
不知不觉，已经变成
昔日他打倒过的
地主恶霸。
歹毒的手段，
和日本兵没什么两样。
这是多么讽刺的剧情——
一个人活成
曾经讨厌的样子，
并且沾沾自喜。
啊，堕落的灵魂！
天使的魔性大发。

王昭夷：
哦！为什么总提起
那不堪回首的往事，
我看到那时的自己
竟然是另一个模样

王昭英：
你还要争当民族英雄吗？

王昭夷：
不了！不了

王昭英：
我对你真是痛惜，
真是绝望，
你这个叛徒！
我怎么称呼你呀——我的昭夷哥，
国民党的‘剿共’总指挥？
日本鬼子的治安维持会长？
如今
叫我怎么给你正名？

王昭夷：
昭英妹，我知道错了，
请你，不要再挖苦我。

王昭英：
哥哥呀！那时候
你被权力和金钱迷惑，
你的心已被恶魔
牢牢地控制！

王昭夷：
我——
有罪！

王昭英：
国民党反动派
都是阴险狡诈之徒，
你不是不知道！

王昭夷：
我记得
国民党陵水县县长黄世治
假借开会的名义，
把黎族团董召集，
他说：‘你们暗通共产党，
消极剿共，不听命令。’

他把子弹射向
为他卖命的头领……

王昭英：
共产党红军是团结你们的。

王昭夷：
那时我没有看清
国民党反动派的嘴脸。

王昭英：
看不清
还是执迷不悟？

王昭夷：
那时鬼迷心窍。

王昭英：
幡然醒悟的黎族团董
下定决心，
他们组织队伍
参加了农军——
你却继续为国民党卖命。

王昭夷：
我真是太糊涂了！

王昭英：
你助长了
反动县长王鸣亚的野心，
他散布嚣张的言论：
“共产党和农军
很快就要被消灭！”

王昭夷：
他就是那样迷惑我的。

王昭英：
你和他为虎作伥，
你甘当邪恶势力的鹰犬，
你们的围剿，
打压了革命力量。
我们躲进深山，
你们在山下封锁，
人民群众被驱离，
我们的战士忍饥挨饿，
几天才能吃一顿汤饭，
可我们的精神不变啊！
我们哪怕只吃野菜野果，
也要坚持到底，
同反动派周旋！

王昭夷：
我——
有罪！

王昭英：
我们是为人民斗争的，
我们坚持宗旨，
我们赢得了
群众的信任，
我们在群众这片热土上，
生根，成长，壮大！

王昭夷：
我立场不坚定，
我革命信念不坚定，
我贪图权力和金钱，
我残忍，
丑陋，
我是——
民族的罪人！

王昭英：
大榕树要站起来，
种子不怕落在石头缝！

王昭夷：
我是裂缝的鸡蛋！
我是发臭的烂肉！

王昭英：
群众
上了山，
我们互帮互助，
开山垦荒，
种植山兰，
种上木薯、玉米和地瓜，
养了牛和羊，
麻竹岭根据地上，
我们自给自足。

王昭夷：
我啊——
悔恨！
我是黎族的头领啊，
却贪图享受，
吃香喝辣，
吃和睡要人伺候，
玩和乐要人安排。

王昭英：
你参与其中，

曾给我们多大的灾难!

王昭夷:
审判我吧,
我已经知错!

王昭英:
我知道,昭夷哥,
那是成魔的你,
如今,你洗心革面,
肯回来了——
共产党的队伍
欢迎你!

王昭夷:
可是妹子,我——
已经死了,
心回到红军的阵营,
却不能参加斗争,
赎我的罪。

王昭英:
哦,我怎么忘记?
这是一个梦!

王昭夷：
托梦给你，
本想要一个英雄的名分。
我活着时，听你的话，
死后，也应该听，
是你的话再次
改变了我——
你的话如藤鞭，
句句抽打我的心；
你的话像太阳，
句句催人奋进。

王昭英：
在最后关头，
你做了正确的选择——
脱离国民党，
反抗日本侵略者，
重新站到
人民的一边！

王昭夷：
可惜醒悟得太迟！

王昭英：
有钱难买浪子心。

王昭夷：
我陷得太深……

王昭英：
忏悔吧！

王昭夷：
是的，我忏悔……

王昭英：
你还记得被捕狱中的生活吗？

王昭夷：
国民党利用了我，
怀疑我，
把我关押在
府城监狱。
那是1937年10月，
在狱中，我遇见了
当年从保亭营逃脱的
藤桥红军连长张开泰。
呀！仇人见面，
真是尴尬！
我真是无言以对——
从前我们并肩作战，
转眼成为敌人，

又相逢在同一个监狱。
他们在狱中
成立了党组织，
对我进行了惩罚，
用麻袋把我
套住，踢打。
府城监狱党组织
对我批评教育，
我认识到
从前的错误。
还好，还好——
在死之前，
我们又以同志相称

王昭英：
英雄的称号多么光荣神圣，
你得到过又轻易地丢弃了。
在你短暂而复杂多变的一生，
你曾经抛开那珍贵的荣誉！

王昭夷：
昭英妹子，我不再
要英雄的称号了。
满身污点的人，
有什么脸面去祈求，
也没有资格去奢望。

我将背负着一个骂名，
向神灵忏悔我的罪过。
祈愿我的来生，
充满了荣光；
祈愿我的来生，
成为一个民族的英雄！

“昭英妹啊，
就请你在我的墓前
立一个碑，就写：

“罪人王昭夷
糊涂的一生
打过国民党
打过共产党
打过日本鬼
打过老百姓
在最后关头
与党同条心
为团结抗日
他以死谢罪”

尾声

我的耳畔回响着一些声音——
一个人说:“你怎么能
以同情的笔墨,给罪人一个
美好的结局?"(我岂敢!)
另一个人说:“要把他牢牢地
钉在历史的耻辱柱上,
好教育教育我们的后人!”
还有人说:“他的双手沾满了
同志们和乡亲们的鲜血,
他应该背负叛徒的骂名。”

可是我听说过:“迷途的羔羊
应该给他指出归来的路径,
让一个坏人变成一个好人。”
我们看见,他真诚地忏悔,
憎恨自己邪恶的灵魂,
以生命的献祭证明了他的皈依。
然而,然而怎能避开道德的审判?
曾经的英雄辜负了人民和正义,
堕入歧途,玷污了自己的名称——
大地悲叹,江河唏嘘。

2022 年 4 月 7—10 日

椰岛雄鹰

YEODAO XIONGYING

一、毛主席的接见

　　九月金秋丰收的季节
我们的首都
北京城回荡着
《义勇军进行曲》
　　新中国五星红旗舞动着
无比美丽的光彩
中南海怀仁堂里
正在举行庆祝胜利的
全国战斗英雄的会议
　　24 个从血的战场
冲出的顽强斗士
胸挂大红花
精神抖擞地站在
领奖台上,接受
中央领导的颁奖——
　　“全国战斗英雄”!
多么光荣的称号,
闪耀着荣誉之光的奖章
佩戴在胸前
　　琼崖纵队“特等功臣”
副连长,黎族人民的儿子——
陈理文抚摸着
胸前的奖章
脸上是自豪的微笑
　　在中南海

毛主席和周总理
接见了我们的英雄
　　伟大的领袖毛主席说：
黎族人民子弟兵，
好样的！你是
优秀的共产党员，
勇敢的突击英雄，
你光荣的事迹
是全军学习的典范！
　　一副望远镜
放在陈理文的面前
那是毛主席为英雄准备的
赠礼
　　毛主席说：不要满足于
过去的荣誉，
拿着它，向前瞭望，
奔向新的战场。
　　啊！这是多么
巨大的光荣！
琼崖纵队唯一的
全国战斗英雄
陈理文回到家乡
　　他的英名顷刻
传遍了海南岛
黎乡人民载歌载舞
老百姓都在把
民族英雄颂扬
　　他勇敢杀敌

无所畏惧的事迹
家喻户晓
　　黎族青年满怀热血
在亲人的祝福里
走进了军营
　　家乡的青年说：
“亲爱的爹和娘，
儿子也要上战场，
也要当英雄，
陈理文是我的好榜样！
我期待着
战斗的考验，
像陈理文一样勇敢。”
　　他的爹娘说：
“只希望你不退缩，
做个合格的好兵！
做兵要像陈理文，
敢去冲锋，
敢去战斗，
敢去牺牲！”
　　他新婚的妻子
说道：“你是好丈夫，
我将会给我们的娃娃
讲起他当兵的父亲
在战场上的威风！”

二、逃出日军矿场

这时候，欢庆的
队伍里走出来一个青年
他坐在榕树下，说起
陈理文的故事——

嘿！乡亲们
都围拢过来
听我讲英雄陈理文
的英勇事迹

你们可知道
我的身份
告诉你，我是
英雄的堂兄哩

我和他
是琼崖纵队的战士
跟着红军部队
同在战场杀敌

如何进的部队
问得好！

那是1941年
他12岁，顶替父亲
在大日本军的矿场里做工

繁重的工作
压弯了他矮小的身躯
休息的片刻
挨过鬼子的皮鞭
忍饥挨饿，受够了

侵略者的欺凌

　　夜里，他和我说过
悄悄话："若不逃离，
总有一天会死在这里，
我们同去吧，
找共产党的队伍！"

　　陈理文想出一个
巧妙的计划——
一天午饭的时刻
趁鬼子不备
他砸晕了一个士兵
逃出矿场

　　我们踏上了
寻找琼崖纵队的道路——
我们翻山越岭
蹚河过水，来到
革命根据地
成为小小的红军

　　嘿，我们跟随部队
东奔西走
在枪林弹雨中成长
我们的意志
在日复一日的斗争中
得到锤炼

　　数年过去
我们手握钢枪
在中国共产党的党旗下
宣誓，成为一个
忠诚的党员战士

三、参加石壁圩战斗

　　陈理文的战友向人们
讲述着他们从军的故事
小小的少年，像一只
扑翅飞向蓝天的幼鹰
在那凌厉的风中
羽翼逐渐丰满
　　呀！我们的黎族少年
陈理文，如今已是
琼崖纵队勇敢的战士
跟随部队经历一场场战斗
　　他矫健的身影
曾经穿梭在战场
负伤流血使他的头颅
更加高昂
　　听，他亲密的战友
激动地回忆起
陈理文战斗的往事——
　　那是1948年
11月的一天
秋风呼呼地吹响
前进的号角
石壁圩战斗已经打响
　　前面是国民党
顽军的据点
那里布满了机枪和钢炮

碉堡里向外喷射着
密集的子弹
　　冲锋的部队
仿佛迎着逆风
难以靠近一步
有的战士已经
饮弹而亡
倒伏在山坡上
　　多么惨烈！
阵地上焦土黑乎乎
手榴弹一阵阵炸响
火光四起
炮声轰隆
滚滚浓烟到处弥漫
　　陈理文气得
直拍面前的土堆
他要冲上去
拔掉那可恶的据点
可是腿上的旧伤
还在流血
　　匍匐到排长跟前
他说："必须在
敌人的据点边上
构筑我们的火力，
三面夹攻，
把这毒蝎子
牢牢摁住！"
　　排长说："你去，

和战友们一起
按你的办法执行！
务必扫清障碍，
彻底踢掉冲锋路上的
绊脚石。”
“弟兄们，我们去
干掉他！”
陈理文带头冲上去
完全忘记
腿上的伤痛
只想着胜利
在据点的四周
陈理文完成了
火力点的布置
我军火力全开
敌人像怕死的乌龟
蜷缩在工事后面
琼崖纵队吹响了冲锋号
红军犹如开闸的大水
涌向圩镇
顽固的国民党军
溃败奔逃
胜利的旗帜最终
握在我们的手中——
我们的英雄陈理文功不可没
组织任命他
当了红军连的排长

四、带领突击队破阵

乡亲们听得入了神
频频点头,英雄的勇敢
激励了多少青年
在场的听众无不感到
振奋和自豪
对岸早已传来
大解放的声音
不甘心的国军幻想着
把这片热土
当作他们负隅顽抗的
最后阵地
那简直是痴心妄想
我们的琼崖纵队
岂能让豺狼虎豹
在自己的家园安居
把苦难带到
新中国的人民当中
琼崖纵队发起了
猛烈的进攻
排长陈理文
率领一排的战士
又投入到新一轮的战斗
曾经并肩作战的战友
继续讲述
陈理文光辉的战绩——

1949年3月
我们参加了
攻打澄迈县金江镇的战斗——
那是一场你死我活的恶仗
国民党临时增派
4个连的兵力
分兵驻守在
金江镇外的据点上
誓要与琼崖红军
决一死战
看敌人的防御
多么坚固:阵地前
插满一重又一重竹刺、木篱笆
铁丝网竖起在
草木全无的荒坡上
又长又深的壕沟
是冲锋的障碍
还有那两座堡垒
像两个恶鬼
守护着他们邪恶的
国民党军队
琼崖纵队前线指挥部
作出部署——
“我们得讲究战术,
要兵分三路,
围住里万、好保两个据点,
设好伏兵,狠狠打击
支援的敌军。”

这一边,好保的据点前
敌人在前方筑起了
两个碉堡,那是一道
夺命的鬼门关
阻挡红军的进攻

前线指挥部发来指令:
"组建突击队,
无论付出多大代价,
都要把据点拔除,
为金江镇战斗的胜利
打通道路!"

陈理文第一个站出来:
"让我去!
不拿下据点,
从此我不吃一块肉!
完不成任务我就
不配做琼纵的战士!"

豪言壮语鼓舞了
年轻的突击队员
他们接过这艰巨的任务
陈理文带领
不怕死的队员
左闪右躲地奔进

子弹在他们耳边
呼啸着飞过
炮弹在他们身旁
炸开了铁片
几个战士接连

牺牲在途中

陈理文像机灵的孙悟空
一会儿前进
一会儿伏地
一会儿在石头后面躲藏

冲到敌人的阵地前
他们动作麻利
迅速地清除了竹刺和木篱
铁丝网围墙
被剪开了一个大口

敌人的机关枪
哒哒地扫射
凭着我军的掩护
陈理文带领突击队员
越过壕沟,占领了
堡垒外面的工事

突击队发起猛攻
近距离和敌人展开厮杀
冲入敌军的堡垒
把守敌全部歼灭

红军啊,向敌人
猛扑过去
金江镇响起了
琼崖纵队的欢呼
回荡着胜利的
牛角号和军号

五、在南辰战斗中负伤

　　不愧是黎族人民的儿子
不愧是琼崖红军的战士
不愧是突击队优秀的勇者
　　陈理文一腔热血洒在
冲锋陷阵的路上
敢把死亡笑看——
对着敌人
他露出轻蔑的微笑
　　一把钢枪紧握在手上
他敢去指着阎罗王的头颅
没有什么战斗
能把他吓退
他是——堡垒的克星
　　群众们喊着嚷着
还要听听
陈理文在战场
杀敌的故事
英雄亲密的战友往下说——
　　陈理文参加过的战斗
何止上百次
他负过重伤，四次
——四次啊！每次都能够
从医院里走出
　　战场，医院
这两个生死场

他来去自如
他的眼神无比坚定
认定的事就一定要
去完成
　　记得在最困难的
一次战斗中
陈理文又第一个站出来
加入攻坚克难的突击队
　　他带领亚太、清林两个班长
深入敌人阵地
破坏敌人的工事
一道道防线被撕开了裂口
　　敌人的机枪稳稳地
架在敌人阵营
对准了陈理文
猛一阵狂扫
地上冒起
一阵阵灰烟和尘土
　　他中了弹
倒在一道壕沟里
他忍着痛，撕下衣服
把伤口包扎
他喘着气，冒着汗
支撑着
　　他抬起机枪压制
手榴弹丢向据点
他们冲入了据点
枪杀敌人

迅速,决绝
仿佛不死的战神
　　他们杀入敌营
像极了
飞将赵子龙
闯入百万军中
成功夺取了
三座堡垒

六、英雄归来

　　我们的英雄回到了黎乡
身旁簇拥着狂欢的民众
如同信徒膜拜他的师父
　　是的,海南岛已经解放
琼崖纵队评他为
“海南特等功臣”
头顶“全国战斗英雄”的光环
　　有人献上鲜花
向他致敬
有人高声歌唱
为他颂扬
有人提起画笔
造英雄像
有人要为他建造
纪念馆
有人要用他的名字当街名
有人要撰写他的英雄传
　　陈理文微笑着
走到群众中间
同他们握手
他满含热泪
向人民深深地鞠躬
　　他异常平静地说道——
我的一切都是党给予
我没有什么可骄傲的

我的荣誉
由无数死去的战友的双手
托起
　　英勇杀敌本是军人的职责
没有奖章也要奋勇前进
没有高职也要甘愿奉献
　　既然把生命交给人民
就只顾冲锋陷阵
当幸福召唤
我便缓步归来
　　不要说我是
什么大英雄
我是跨越战友的血肉之躯
前进！多少人替我挡下
飞来的子弹
　　我的乡亲啊
我是代表
琼崖纵队的红军亡魂
佩戴战斗英雄的奖章
　　毛主席送我
一副望远镜
我珍藏着！它时刻
告诫我——
不能沉湎于过去
而要远眺未来
　　荣誉怎能不珍惜
可我知道
它只是对过去的奖赏

而不是对未来的肯定
　　我的一切交由
组织安排
包括我的岗位
我的名声
我的生
我的死

七、战至最后一人

雷动的掌声，献给
人民的英雄
可是啊，哪怕是坚定的
共产主义战士，难道
不一样是肉体凡胎？
子弹难道会转弯
专避他的身体而闪开？
死亡难道就不曾
使他感到害怕？
一个老乡问道：
“在那无数的战斗中，
哪一场最使你难忘？
可有过恐惧？有过
退缩的念想？”
陈理文坐在群众之中
哈哈一笑。他说——
死
没有人是不怕的
可当我想起我的亲人
惨死在敌人的枪口下
当我想起可怜的父老乡亲
受奴役和鞭打；想起
我们泪水涟涟的姐妹被欺凌
想起兄弟们流血牺牲
我就再也不怕

我的胸膛里那时候只有
温泉水一样滚烫的仇恨
要彻底喷涌
我心中就只有一个念想
——我要报仇!
——我要报仇!!
——我要报仇!!!
要说,害怕
倒有过一次——
那一刻啊
我怕再也不能
上阵杀敌!
那是围攻万宁中兴镇的
一次战斗,作为先锋班的班长
我带领 8 名战士埋伏在
敌人援军来的路上
前方摸过来了
一个排的国军
我打响了第一枪
石头后面,草丛里,树枝上
我们的战士发起射击
敌人的还击过于猛烈
我的两个战友
从树上落下,壮烈死去
草丛里那健壮的帕拉兄弟
也在手榴弹的响声里
献出他 19 岁的青春
敌人的冲锋枪

真是威力无穷
子弹像密集的蜂群
向我们嗖嗖嗖地射来
　　哎,我们的步枪
怎比得过
敌人精良的武器?
我亲密的战友
相继死去
　　没有人要退出战场啊
当我们只剩下 3 人
被敌人包围
我们的子弹已经打光
手榴弹也不剩一个
而我们手握着长刀
　　当敌人围攻上来
我的两个战友却
把我推开
他们喊着:
“你是突击英雄,
你要活着去炸碉堡,
我们掩护你
赶快撤离!”
　　他们举起大刀,迎向
敌人的机枪
我的兄弟
死在冲锋路上
　　那时,愤怒和悲伤
使我忘记了恐惧

我攥紧大刀
要最后一搏
　　突然,赶来了
我们的部队
把我营救
敌人——下了地狱
　　乡亲们——
你们叫我的名字
我的名字是那些死去的
战友的名字的总称啊
　　我呀,我是
替弟兄们活着
代表他们
见证战争的胜利

2022 年 4 月 16—23 日

给故乡母亲的献礼

——叙事长诗集《黎乡仙游记及其他》后记

这三部长诗是在2022年的4月里完成的。

对于故乡,我写过许多赞美诗,也有对故乡进行思考的诗篇。写长诗的动力,一是要给故乡画像,写一个保亭黎乡的小传记;二是要写一本让来保亭的人能够带走的书,通过此书了解保亭景物、乡土民俗和民间故事;三是要填补黎族作家文学没有长诗的空白。

这些篇章,大多在后半夜写就,一个晚上完成一个篇章。当我写作时,我已经对这部分章节的内容有了充分的掌握和设计,行笔时有如神助,思绪活跃像奔腾的溪流,精彩的细节也会在行笔的瞬间迸发出来,像是缪斯赠送的礼物。一个篇章一旦起笔,就不会停住,不到该结束时,我不能命令自己停下,直到表达完成,我的心也才会甘愿去休息——往往在那时,不是破晓的鸡鸣,就是小区旁边学校的起床铃响起。

黎族有语言没有文字,20世纪七八十年代才出现黎族作家,他们通过汉语言习得文学才能,刚开始只是收集整理黎族民间传说、故事和歌谣,继而写诗歌、散文、小说,形成第一代作家作品,也有了中短篇小说和长篇小说,但没有出现作家原创的叙事长诗。我知道,尊敬的黎族作家前辈王海教授,在2010年发表过关于黎族长诗的学术文章,向世人介绍黎族民间叙事长诗和抒情长诗,比如《祖先歌》《吞德剖》《甘工鸟》《阿丢和阿藤》《黎哥与仙妹》《龙蓬》,还有一部《五指山传》。我在《海南黎族民歌集》里读过那些长诗,五言或七言的韵文,以口头文学的民歌形式在民间流传,后经整理成文，展现的内容大多是婚姻情感的矛盾和生活的艰辛、创世纪以及对旧社会地主恶霸的反抗。

作为民歌形式存在，黎族民间长诗并不少，与黎族民间传说、故事构成了独特的、精彩纷呈的民间文学，是一笔珍贵的文化财富。然而，黎族的作家文学因为起步较晚，一直以来没有出现作家个人创作的长诗，不能不说是一种遗憾。我们借助汉文才能够以文学的形式进行书面文学的表达，从20世纪70年代黎族作者发表第一篇创作的书面文学算起，黎族文学的发展也不过是短短的50年，而黎族作家队伍的壮大和成果是在进入21世纪之初才得以体现，没有作家创作长诗也是可以理解的。

在长诗的呈现方式和诗意的表达上，我创作《黎乡仙游记》这部长诗给了我很好的体验，于是在完成第一部长诗之后就开始了反映黎族头领王昭夷在抗战时期的精神反思的第二部长诗《跨越时空的对话》的构思和设计，第二天动笔，因为胸有成竹的缘故，写得很顺利，仅用四天就完成了数百行的长诗作品。

长诗的长应是自然形成的，不能为了长而长，增加不必要的内容和语言。那“长”是应该有必要的内容做支撑的。我们也不能为了长而故意把诗句截短、拆分，使行数增加，那是损害作品的行为。无论是长诗还是短诗，分行断句要根据节奏、意思、艺术效果而进行。

黎族文学在迅猛发展，黎族作家诗人在迅速崛起，我相信黎族文学不久就会有更多的长诗出现，雨后春笋般相继问世，丰富黎族文学宝库。说这句话我是有底气的，因为黎族有深厚的文化底蕴和黎乡风情、民间故事，那正是长诗创作的最好矿藏，是丰富的文学资源。

《黎乡仙游记》全诗3700余行，4万余字，主要表现风景和民俗文化、民间故事、民歌等，涉及内容比较宽泛。相对来说，另外两部在叙事结构方面比较简单，篇幅较小。《跨越时空的对话》数百行，主要是对历史人物的批判，注重思想性和民族精神。歌颂黎族人民的儿子、琼崖纵队红军战士、全国战斗英雄陈理文的长诗《椰岛雄鹰》，主要歌颂黎族英雄人物，弘扬爱国主义和英勇无畏、不怕牺牲的战斗精神。这三部长诗均为叙事长诗，然而在结构的设计、故事情节的安排、人物形象的塑造上，各不相同，叙事方式也不一样，这是我运用不同表现手法的一次尝试。

这本叙事长诗集，所描之景、所绘之物、所记之事、所写之人、所感之情，无不是保亭黎乡所属之事物，无不出于对故土之历史留痕、时代留影的愿望初衷。

可以说，这是我给故乡母亲的一份献礼，打开它，就打开了保亭文化册页独特的一章。

金戈于海南保亭

2022 年 8 月 25 日